KB057989

크로노토피아

크로노토피아

엘리베이터 속의 아이

조영주
장편소설

요다

크로노토피아

시간의 변화에 따라 공간의 용도도 바뀔 수 있다는
것을 의미한다. 예를 들어 같은 공간이지만 낮에는
교실로, 밤에는 커뮤니티 공간으로 활용하는 것이다.

출처: https://www.esquirekorea.co.kr/article/76536

차 례

프롤로그   9

1부. 엘리베이터   17

2부. 붕괴   121

3부. 그림자   191

4부. 문   223

5부. 소원   255

에필로그   293

작가의 말   295

프롤로그

현우가 컴퓨터를 끄고 방에서 나왔다. 집 안은 지나치게 조용했다. 아빠는 집에 없었다. 엄마는 초저녁부터 한숨을 푹푹 쉬더니 소주 반병을 마신 후에야 잠들었다. 현우는 발소리를 최대한 내지 않고 집을 나섰다. 복도에서도 벽에 붙어 걸었다. 동작이 감지되어 불이 켜지기라도 하면 곤란했다. 어제 방심하고 복도를 걷다가 1005호 아줌마에게 참견을 당했다. 아줌마는 "이 시간에 뭐 하느냐"며 말을 시키더니 현우를 5분간 놔주지 않았다. 초장부터 조짐이 좋지 않더니만 1단계도 통과할 수 없었다. 10층 홀에 도착했다. 엘리베이터는 최고층인 15층에 멈춰 있었다. 현우는 ▽ 버튼을 누른 후, 엘리베이터가 내려오길 기다리며 핸드폰 화면에 '이세계로 가는 법'을 띄웠다.

이세계로 가는 법

1. 아무도 없는 엘리베이터에 탄다.

2. 4층-2층-6층-2층-10층 순서대로 이동한다. 이동하는 사이 아무도 타면 안 된다.

3. 5층으로 간다. 젊은 여성이 엘리베이터에 탄다. 1층을 누른다. 어떤 대화도 하면 안 된다.

4. 엘리베이터는 1층으로 가지 않고 10층으로 올라간다. (젊은 여성은 사람이 아니다.) 9층을 지나면 거의 성공한 것이다.

5. 이세계에 도착했다. 이곳에서 어떤 일이 생길지는 아무도 알 수 없다…….

어른이라면 웃어넘길 괴담이다. 하지만 아이들은 다르다. 특히 중2병이라는 말을 듣는 현우 또래 아이들은 더더욱 그렇다. 아이들은 이 괴담에 푹 빠져 각자 사는 아파트,

혹은 친구가 사는 아파트에 갈 때마다 이세계에 도전했다.

현우는 진정아파트에 이사 온 후 누구보다 이 괴담에 진심이 됐다. 진정아파트는 언제 지어졌는지 짐작이 안 될 정도로 오래되었다. 그만큼 엘리베이터도 으스스하기 짝이 없어 맘만 먹으면 이세계에 갈 수 있을 것 같았다.

가장 먼저 '클리어' 해야 할 레벨은 엘리베이터에 아무도 타지 않는 것이다. 어제는 엘리베이터 문이 열리는 순간부터 안에 사람이 있었다. 그 탓에 현우는 엘리베이터를 타는 것부터 다시 시작해야 했다.

진정아파트는 엘리베이터가 비는 일이 거의 없다. 층마다 호수가 15개나 되지만 엘리베이터는 하나뿐인 탓이다. 그렇다 보니 현우는 지난 일주일간 2단계까지도 가지 못했다.

엘리베이터가 10층에 도착했다. 문이 열렸다. 처음으로 안에 아무도 없었다. 엘리베이터에 탔다. 규칙에 따라 이동했다. 운이 좋았다. 엘리베이터가 4층, 2층에 이어 6층으로 갈 때까지 사람은 타지 않았다. 다음으로 2층 역시 성공, 마지막은 10층이었다. 현우는 잔뜩 긴장해서 10층을 향해 올라가는 숫자를 노려보았다. 밤에는 다른 집에 방문하는 일이 드물다. 2층에서 10층으로 가는 건 성공 가능성이 크다. 10층에 도착했다. 엘리베이터 문이 열렸다. 홀에는 아무도 없었다.

"됐어! 됐……!"

현우는 저도 모르게 소리를 지르려다가 입을 막았다. 이러다가 누가 듣고 나타나기라도 하면 실패다. 현우는 심호흡을 크게 한 후 5층 버튼을 눌렀다. 대부분의 경우 3단계에서 실패한다. 아무도 만나지 못하거나, 만나더라도 진짜 사람인 탓이다. 현우는 엘리베이터가 5층에 도착할 때까지 호흡도 거의 안 한 채 전광판의 숫자만 노려보며 속으로 중얼거렸다.

'타라, 젊은 여자 타라. 타라, 제발 타라…….'

엘리베이터가 5층에 도착했다. 문이 끼기긱, 기분 나쁜 소리를 내며 천천히 열렸다. 그곳엔 한 여성이 서 있었다. 문제는 여성의 연령이었다. 여성은 현우의 엄마 또래로 젊다고 보기엔 무리가 있었다. 현우는 다소 실망했으나 아직 기대를 버리지 못했다. 현우가 볼 때 엄마는 아줌마지만

1005호 아줌마보다는 젊다. 그러니 이 여성도 남들이 볼 때 젊은 편일지 모른다.

여성이 엘리베이터에 탔다. 버튼을 누르기 위해 손을 뻗었다. 현우는 당황해 급히 1층을 눌렀다. 여자는 1층을 누르는 현우를 흘깃 바라보았지만 뭐라고 하지는 않았다. 문이 닫혔다. 엘리베이터가 잠깐 심하게 흔들렸다. 그러더니 '올라갔다'. 이것 역시 괴담의 규칙대로였다.

"돼……."

현우는 흥분한 나머지 입을 벌려 말할 뻔했다. 두근거리는 가슴을 가까스로 진정시키며 전광판을 노려보았다.

앞으로 도착할 10층, 문이 열리면 그곳은 이세계이리라.

'7, 8, 9, 10, 11, 12, 13…….'

그런데 엘리베이터가 계속 올라갔다.

"자, 잠깐 왜? 왜 올라가지?"

현우가 얼결에 말했다.

"누가 1층을 누르는 것보다 빠르게 엘리베이터를 호출한 거지."

5층에서 엘리베이터를 탄 여성이 말했다. 여성은 진짜

사람이었다. 현우는 실망했다. 그 사이 엘리베이터는 15층에서 멈췄다. 문이 열리며 퍼진 불빛이 어두운 15층 홀을 밝혔다.

어린아이가 혼자 서 있었다. 유치원생이나 됐을까 싶은 아이였다. 얼굴을 반 이상 가린 덥수룩하게 긴 머리 탓에 성별 구별도 힘들었다. 입은 옷도 추레했다. 아이는 지나치게 크고 낡은 티셔츠에 맨발이었다.

"야, 너 또!"

현우가 소리쳤다. 그러자 아이가 환하게 웃으며 엘리베이터에 올라탔다. 현우의 옆에 서더니 그의 손을 맞잡았다. 현우는 그 손을 놓지 못한 채 말했다.

"이 시간에 돌아다니면 안 된다니까?"

"아는 사이니?"

여성이 호기심 어린 표정으로 물었다.

"예, 뭐."

현우는 답을 어물거렸다. 아는 사이라고 해도 되나 싶었다. 처음 만났을 때 불쌍해 보여 마침 먹던 감자칩을 나눠 줬더니 이 시각마다 아이가 나타날 뿐이었다.

엘리베이터가 다시 내려가 1층에 멈췄다. 여성은 엘리베이터에서 내린 후 현우와 아이에게 어서 집에 가라고 하고는 아파트 입구로 향했다.

현우가 아이에게 말했다.

"너는 왜 자꾸 밤에 나오냐? 어디 가려고 대체?"

아이는 고개를 저었다.

"갈 데 없어? 그럼 왜 나왔어?"

"엄……."

아이는 더 말하려다 입을 꾹 다물었다.

"엄마?"

현우의 말에 아이는 고개를 크게 끄덕였다.

"엄마가 집에 없어?"

아이는 고개를 힘껏 저었다.

"뭐라는 거냐? 아무튼 너 갈 데 가. 나 따라오면 안 돼."

현우가 엘리베이터에 탔다. 그러자 아이가 따라 탔다.

"타지 말라니까? 넌 다음 거 타."

현우는 얼결에 말했다가 아이 씨 하며 다시 내렸다. 이 세계로 가는 엘리베이터는 혼자 타야 한다. 그런데 아이가 현우를 따라 내렸다.

"야, 좀 가라니까? 아님 먼저 가든가!"

현우는 아이를 억지로 엘리베이터에 태웠다. 아이는 현우의 손을 잡고 매달렸다. 같이 타자는 뜻이었다. 현우는 난감했다. 오늘은 무려 3단계까지 성공했으니 한 번 더 도전할 셈이었다. 아이가 방해하면 도전을 계속할 수 없다.

"형은 아주 중요한 일이 있어. 그러니까 여기 얌전히 있어. 알았지?"

아이는 고개를 크게 끄덕였다. 하지만 현우가 엘리베이터에서 내리려 하자 버텼다.

"아 진짜! 미치겠네!"

현우는 갑갑했다. 하지만 수가 없었다. 오늘의 도전은 여기서 끝내야 할 듯했다.

"2023년 7월 17일 도전 실패!"

현우가 10층을 눌렀다.

엘리베이터

* 동력을 사용하여 사람이나 화물을 아래위로 나르는 장치.
  출처: 표준국어대사전

1부

1.

엘리베이터가 10층에서 멈췄다. 현우가 엘리베이터에서 내리며 말했다.

"형은 이제 집에 가야 해. 너도 어서 집에 가. 알았지?"

'혼자 있기 무서워, 형. 같이 있어줘.'

소원은 현우의 옷자락을 잡았다. 간절한 눈빛을 보냈지만 현우는 소원의 마음을 읽지 못했다.

"아 쫌! 꼭 집에 가! 알았지?"

소원은 현우에게 자신의 사정을 말하고 싶었다. 하지만 도저히 목소리를 낼 수 없었다. 엄마에게 말하기를 금지당

한 탓이다.

　소원은 유치원생도 채 안 되어 보이지만 실제로는 아홉 살이다. 다른 아이들은 초등학교에 다니지만 소원은 사정이 다르다. 아직도 종일 집에만 있다. 정확히는 가끔만 집에 있고 대부분 아파트 안을 떠돌아다닌다.

　엄마는 소원이 눈에 띄는 것을 지독히 싫어한다. 특히 오늘처럼 밤에 '손님'이 왔을 땐 더욱 그렇다. 엄마가 손님을 데리고 왔는데 소원이 눈에 띄면 그날은 한참 얻어맞는다. 그렇기에 소원은 엄마가 집에 올 시각이 되면 숨죽이고 있다가 재빨리 집을 나선다. 이런 소원이 자신과 마찬가지로 늦은 밤 집을 나서는 현우를 발견한 것은 일주일 전이었다. 처음엔 현우 역시 부모 탓에 나온 줄 알았다. 하지만 현우는 사정이 달랐다.

　"이세계로 가기 위해 실험 중이야. 나는 이 아파트로 이사 온 후 불행해졌거든."

　소원은 현우의 말을 다 이해할 수는 없었다. 하지만 마음속 깊이 공감한 한마디가 있었다. 이 아파트로 이사 온 후 불행해졌다. 그건 엄마가 입에 달고 사는 말이었다. 손님이 돌아가고 나면 엄마는 현우와 같은 말을 할 것이다. 그러고는 한참 동안 소원은 알지 못하는 아빠에 대한 이야기를 늘어놓을 것이다.

엄마는 10년 전 진정아파트로 이사 왔다. 아빠와 같이 살기 위해서였다. 하지만 아빠가 집 보증금을 갖고 도망치는 바람에 엄마는 인생이 꼬였다. 소원은 현우가 이런 엄마와 닮은 것 같았다. 현우와 있으면 엄마와 함께 있는 것 같아 안정감이 들었다. 그래서 오늘도 소원은 현우와 만나길 기대했다. 그런데 만나고 5분도 지나지 않아 현우가 가버린다…….

'형, 가지 마.'

소원은 간절한 마음을 담아 현우의 뒷모습을 바라보았다. 하지만 현우는 소원의 마음을 눈치채지 못했다. 10층 복도를 빠르게 걸어 1007호 문을 열고 들어가버렸다.

결국 소원 혼자 남았다. 엘리베이터 문이 닫혔다. 그런데 엘리베이터가 심하게 흔들렸다. 소원이 바닥에 주저앉을 정도의 진동이었다. 연달아 땅이 또 울리는가 싶더니 엘리베이터가 옆으로 심하게 기울었다. 소원은 닥치는 대로

1.

21

엘리베이터 버튼을 눌렀다. 내려야 할 것 같았다.

엘리베이터는 소원이 버튼을 누른 층으로 가는 게 아니라 자기 멋대로 움직였다. 4층, 2층, 6층, 2층…… 마지막으로 향한 곳은 10층이었다. 그 사이, 엘리베이터에 타는 사람은 없었다. 그러고는 엄청난 속도로 낙하했다. 소원은 소리 없는 비명을 지르며 눈을 질끈 감았다. 이런 순간조차 목소리는 나오지 않았다. 어떤 순간에도 엄마의 명령이 우선이었다.

— 땡.

엘리베이터가 멈췄다. 소원은 조심스레 눈을 떴다. 엘리베이터가 5층에 멈춰 있었다. 문이 서서히 열렸다.

5층 홀은 지나치게 깜깜했다. 홀의 전등이 망가진 정도가 아니라 벽으로 가로막힌 듯한 어둠이었다. 더욱 이상한 것은 이런 어둠 속에 한 여성이 서 있다는 사실이었다.

여성의 얼굴은 밖의 어둠에 물든 듯 그림자에 가려 보이지 않았다. 소원은 이 여성이 현우와 함께 엘리베이터에 탔을 때 만난 사람이 아닐까 싶었다. 하지만 문제의 여성은 아까 1층에서 내려 아파트를 나섰다. 이후 엘리베이터에는 계속 소원과 현우가 타고 있었다. 그렇다면 이 여성은 어떻게 5층으로 돌아왔을까? 걸어 올라온 걸까?

여성이 엘리베이터에 탔다. 번호판으로 손을 뻗었다. 여성은 1층 버튼을 가리킬 뿐, 누르지는 않았다. 문이 닫히고 한참이 지나도록 버튼을 가리키고만 있자, 소원은 살그머니 손을 뻗어 1층을 눌러주었다.

엘리베이터가 다시 움직였다. 하지만 1층으로 내려가지 않고 올라갔다.

소원은 지금 상황을 이해할 수 없었다. 왜 엘리베이터가 올라가는 걸까? 내려가야 하는데? 왜? 소원이 혼란스러워하는 사이 엘리베이터는 9층을 지나고 있었다.

— 땡.

엘리베이터가 경쾌한 소리를 내며 10층에서 멈췄다. 소원은 당황했다. 자신과 같이 탄 여성도 당황했을 것 같았다. 여성을 올려다보았다. 그런데 여성이 서 있던 자리엔 아무도 없었다.

'어디로 갔지?'

소원이 의아해하는 사이 엘리베이터 문이 열렸다. 소원

은 잠시 망설이다 엘리베이터에서 내렸다. 10층 홀은 어두 컴컴했다. 그 탓인가, 복도를 따라 일렬로 선 현관문이 끝 없이 이어지는 것만 같았다. 소원은 현우를 찾아갈 생각이 었다. 현우는 엘리베이터에서 내려 다섯 번째 문으로 들어 갔다. 소원은 속으로 숫자를 세어 현관문 앞에 섰다.

901

여긴 10층이다. 그런데 눈앞의 현관문은 9층이었다.

"난 현우 형을 만나야 하는데……."

그리고 다시 고개를 들어 현관문을 바라보았다.

1007

현관문의 숫자가 바뀌었다. 소원은 이상하다고 생각했 지만 자신이 잘못 본 게 아닐까 여겼다. 문을 향해 손을 뻗 었다.

문이 안쪽으로 열리며 환한 빛이 쏟아졌다. 1007호 안은

낮이었다. 어찌 된 까닭인지 시간이 지나치게 빨리 흐른 듯 했다. 게다가 현우가 현관문 앞에 서 있었다. 현우는 조금 전과 달리 교복을 입고 있었다.

소원은 반가워서 현우에게 손을 흔들었다. 그런데 현우 는 소원을 흘깃 보고는 의아한 표정을 짓더니 문을 닫았다. 소원은 머쓱했다. 하지만 현우를 봤으니 그것으로 안심하 고 집으로 돌아가기로 마음먹었다. 낮이 되었으니 손님은 돌아갔으리라. 집에 가도 엄마에게 혼나지 않을 것이다.

— 차르르륵.

15층으로 향하는 엘리베이터를 탈 때, 시끄러운 소리를 들었다. 이삿짐이 사다리차를 타고 올라오는 소리였다. 지 난주 현우네에 이어 또 이사 오는 집이 있는 모양이었다. 엘리베이터가 15층에 멈췄다. 소원은 바로 집으로 향했다. 문을 열기 전, 현관문에 귀를 대고 소리가 나나 확인했다. 아무 소리도 들리지 않았다. 1508호 문을 열었다. 바로 현 관을 확인했다. 남자 신발은 없었다. 손님은 돌아갔다. 그 래도 혹시 모르니 숨죽인 채 살금살금 걸어 집 안으로 들어 갔다.

소원은 화장실에 들어가 발부터 닦았다. 엄마는 소원이 집 안에 발자국을 남기는 걸 싫어했다. 신발을 사주면 해결될 일이지만 엄마는 그럴 생각이 없었다. 소원은 태어나서 지금까지 자기 신발을 가져본 적이 없었다. 운이 좋으면 엄마가 안 신는 슬리퍼를 쓸 수 있었지만, 어제처럼 급히 나올 때는 맨발로 다녀야 했다.

소원의 집은 18평 아파트다. 방 두 개에 거실 겸 주방, 화장실이 하나 있다. 방 두 개는 엄마 차지다. 하나는 안방, 다른 하나는 옷방이다. 소원은 옷방에서 산다. 엄마는 소원이 소리 내는 걸 싫어하기 때문에 엄마가 없을 때만 살금살금 움직여 뭔가를 먹거나 텔레비전을 볼 수 있다.

안방 문은 닫혀 있었다. 엄마는 잠든 모양이었다. 소원은 냉장고 문을 열어 먹을 것을 찾았다. 어제 냉장고에는 식빵이 있었다. 오늘 먹으려고 기억해뒀다. 그런데 냉장고를 열어보니 식빵은 없고 달걀만 몇 개 있었다. 간밤, 엄마가 손님과 먹은 모양이었다.

소원은 하는 수 없이 달걀을 꺼냈다. 최대한 소리를 내지 않으려고 조심하며 식탁 의자를 가스레인지 앞으로 옮겼다. 의자 위에 올라가 가스레인지에 프라이팬을 올렸다. 그러고 보니 일주일 전에도 이런 일이 있었다. 몰래 달걀 프라이를 만들다 엄마에게 들켰다. 멋대로 가스 불을 켰다며 왼뺨을 맞았다.

"너 지금 뭐 하니?"

또 엄마에게 들키고 말았다. 엄마는 일주일 전과 같은 말을 하며 소원에게 달려들었다. 소원은 엄마에게 따귀를 맞은 일을 떠올리고는 본능적으로 양팔을 들어 막았다. 이번에도 엄마가 왼뺨을 노렸다. 소원이 제대로 막았기에, 엄마는 뺨 대신 소원의 팔을 때리는 데 그쳤다. 문제는 이런 행동이 엄마를 더욱 분개하게 만들었다는 것이다. 엄마는 소원이 양팔을 드는 바람에 무방비 상태가 된 복부를 찼다. 소원은 예상치 못한 충격에 놀라 의자에서 굴러떨어졌다. 엄마는 그런 소원을 발로 밟으려 들었으나, 소원은 바닥을 기어 피하는 데 성공했다. 소원은 다시 맨발로 집에서 뛰쳐나왔다.

"야, 너! 이리 안 와!"

엄마는 슬리퍼 바람으로 소원을 따라 나왔다. 하지만 소원이 빨랐다. 소원은 여전히 15층에 서 있던 엘리베이터에 타 1층을 누르고 닫힘 버튼을 눌렀다.

엘리베이터 문이 닫혔다. 엄마가 엘리베이터 문을 두드리는 소리가 났다. 하지만 다시 열리지는 않았다. 소원은 안도의 한숨을 내쉬었다.

'당분간 숨어 있어야겠다.'

소원은 1층으로 향했다. 이삿짐이 사다리차를 타고 오르내리는 걸 구경하며 시간을 때울 셈이었다. 1층에 도착했다. 이삿짐차가 온 건 맞았다. 사다리차가 이삿짐을 올리는 것도 예상한 광경이었으나, 문제는 이삿짐이 올라가는 층이었다. 또 10층 1007호, 현우의 집이었다.

'결국 이사를 가는 걸까?'

그렇게 생각하자니 소원은 현우가 눈앞에서 현관문을 닫아버린 이유를 알 것 같았다. 현우는 갑자기 이사 가는 게 섭섭해 아무 말도 할 수 없었던 것이리라.

소원은 다시 엘리베이터를 타고 10층으로 향했다. 현우에게 작별 인사를 할 셈이었다. 엄마는 말하기를 금지시켰지만 작별 인사 정도는 괜찮을 것 같았다. 뭣보다 현우는

크로노토피아

오늘이 지나면 못 볼 테니 말했다는 사실을 들킬 염려도 없었다.

엘리베이터가 10층에 도착했다. 소원은 1007호로 달려갔다. 1007호 현관문이 활짝 열려 있었다. 소원이 기웃거리며 안을 들여다봤다. 낯익은 중년 남성이 소원을 보고 알은체했다.

"안녕? 이 아파트 사는 아이니?"

현우의 아빠였다. 소원은 작게 고개를 끄덕였다.

"잘 부탁한다. 오늘 이사 왔어."

"오늘요?"

소원은 얼결에 대꾸했다.

"그래, 오늘."

소원은 의아했다. 현우는 일주일 전 이사를 왔다. 그런데 왜 오늘 이사 왔다고 하는 걸까?

"아빠, 걔는 누구야?"

현우가 집 안에서 나왔다. 현우는 아까와 마찬가지로 이름표가 붙은 교복 차림이었다. 손에 감자칩 봉지를 들고 있었다. 그것 역시 일주일 전 소원이 현우를 처음 만났을 당

1.

시와 같았다.

"이 아파트 사는 앤가 보다."

"혀, 현우 형, 안녕?"

소원이 반갑게 인사했다.

"벌써 인사했니?"

"아니? 모르는 앤데?"

소원의 인사에 현우와 현우 아빠는 의아해했다.

"그런데 내 이름은 어떻게 알았어?"

"교복 이름표 본 거 아냐?"

현우 아빠는 집 안으로 들어가며 덧붙였다.

"아빠 이삿짐 정리할 거 많으니까 나가서 좀 놀다 와라. 쟤한테 동네 구경시켜달라고 하든가."

"오케."

현우는 흔쾌하게 말한 후 소원과 함께 집을 나섰다. 둘은 엘리베이터를 타러 가며 대화를 계속했다.

"넌 이름이 뭐냐?"

"소, 소원. 이소원."

"이름 좋네. 소원 빌면 이뤄주냐?"

"형, 나 오늘 처음 봐?"

"그렇지, 오늘 이사 왔으니까?"

"진짜? 나랑 엘리베이터 탄 적 없어?"

"아, 맞다."

현우는 소원의 말에 뭔가 생각났다는 표정을 짓더니 핸드폰 화면을 보여주며 말했다.

"너 혹시 엘리베이터 탔을 때 이상한 일 없었어?"

"나, 글자 못 읽어."

소원은 우물쭈물하다가 말했다.

"아직 그럴 나이가 아닌가?"

현우는 갸우뚱하더니 화면의 글자를 읽어주었다.

과거로 가는 법

1. 아무도 없는 엘리베이터에 탄다.

2. 4층-2층-6층-2층-10층 순서대로 이동한다. 이동하는 사이 아무도 타면 안 된다.

3. 5층으로 간다. 긴 머리의 여성이 엘리베이터에 탄다. 1층을 누른다. 어떤 대화도 하면 안 된다.

4. 엘리베이터는 1층으로 가지 않고 10층으로 올라간다. (긴 머리의 여성은 사람이 아니다.) 9층을 지나면 거의 성공한 것 이다.

5. 과거에 도착했다. 이제 미래를 바꿀 수 있다…….

2.

현우가 과거로 가는 법을 알려준 후 일주일이 지났다.
그사이 소원은 계속해서 같은 의문을 품었다.

'혹시 내가 과거로 돌아온 건 아닐까?'

처음에는 말도 안 되는 생각 같았지만 얼마 지나지 않아
정말 그런 게 아닐까 싶었다.

소원을 제외한 모든 사람이 현재를 일주일 전이라고 믿
고 있었다. 구체적으로는 현우가 다시 이사를 온 데다 소원
을 기억하지 못했고, 엄마는 일주일 전과 같은 행동을 반복
했다. 그런데 이게 소원에게는 유리했다. 엄마가 같은 행동

을 반복한 덕에, 소원은 평소보다 훨씬 잘 숨어 지낼 수 있었다. 좋은 일도 생겼다. 현우의 엄마가 소원에게 현우가 어렸을 때 입던 옷과 신발을 주었다. 이제 소원은 엄마의 해진 티셔츠를 입지 않아도 됐다. 엄마의 슬리퍼를 신으려고 눈치 볼 필요도 없었다. 하지만 남의 것을 얻어 온 사실을 엄마한테 들키면 맞을 게 분명하니까 받은 물건은 모두 몰래 숨겨놨다.

또, 소원은 현우 가족과 훨씬 많은 대화를 나눌 수 있었다. 그 덕에 왜 현우가 매일 같은 시각에 엘리베이터를 타려는 건지도 이해했다. 현우네는 이사 온 다음 날, 집주인에게 사기를 당했다. 현우 아빠와 엄마는 크게 당황했다. 계속 집주인을 수소문했다. 현우는 과거로 도망치고 싶다는 말을 반복했다. 그러면서도 소원에게 다정하게 대해주었다. 소원은 현우 가족의 배려가 고마웠다. 그들을 돕고 싶었다.

"형, 정말 과거로 가면 어떻게 할 거야?"

"과거로 간다……. 그럼 좋겠지."

현우는 소원이 하는 말을 되풀이하더니 애매한 미소를

지으며 말했다.

"하지만 전세 사기를 막아 이사를 못 온다면 너랑 못 만나겠지. 그건 좀 섭섭할 것 같네."

소원은 기뻤다. 엄마는 늘 소원이 없으면 좋겠다고, 눈앞에서 사라지는 게 '내 소원'이라고 말했다. 그래서 소원은 생각했다.

'엄마는 내가 없어지는 게 소원이라서 내 이름을 소원이라고 지었나 봐.'

이런 소원에게 난생처음 다정하게 대해주는 사람이 생겼다. 옷과 신발도 생겼다. 소원은 그걸로 충분히 행복했다. 감사했다. 그래서 현우에게 은혜를 갚고 싶었다. 현우가 엘리베이터를 타고 과거로 가기를 진심으로 빌었다.

하지만 현우는 매일 밤 엘리베이터를 타도 과거로 갈 수 없었다. 소원이 그를 방해하지 않기 위해 눈치껏 자리를 피했는데도 소용없었다. 그러는 사이 그날이 돌아왔다. 2023년 7월 17일에서 18일로 넘어가는 자정 무렵, 소원이 과거로 돌아갔던 날이.

소원이 기억하는 마지막 미래이자 과거는 오늘이다. 오

늘은 소원이 과거로 돌아가는 데 성공한 날이기도 했다. 그렇기에 소원은 현우가 반드시 오늘 엘리베이터를 타야 할 것 같았다.

"꼭 오늘 밤 엘리베이터를 타야 해, 형."

"과거로 돌아가서 소원을 이뤄, 형."

현우는 소원의 말에 웃으며 알았다고 해주었다. 그런데도 소원이 집요하게 같은 말을 반복하는 바람에, 현우가 적당히 하라고 짜증을 낼 정도였다.

자정에 가까운 시각이 되었다. 소원은 엄마가 손님을 데리고 오기 직전 숨을 죽이고 집을 나섰다. 복도에 숨어 엄마가 손님과 문을 열고 들어가는 모습을 본 후, 살금살금 걸어 15층 홀로 향했다. 15층 홀에 서서 엘리베이터 전광판을 올려다보았다.

일주일 전 이 시각, 현우는 엘리베이터에 탔다. 이세계로 가려고 했다. 하지만 소원이 방해하는 바람에 갈 수 없었다. 대신 소원이 일주일 전으로 갔다. 미래를 바꿔 옷과 신발이 생겼다.

이제, 현우 차례였다.

현우가 과거를 바꾼다면 소원은 그를 만날 일도 없어진다. 새로 생긴 옷도, 신발도 없어질 테지만 괜찮았다. 그것 말고 소원이 현우에게 은혜를 갚을 방법은 없었으니까.

엘리베이터가 올라가기 시작했다. 소원은 전광판의 숫자가 바뀌는 것을 올려다보았다. 엘리베이터는 조용히 올라가 10층에서 멈췄다. 이후 엘리베이터는 일주일 전과 마찬가지로 규칙에 따라 이동했다. 4층, 2층, 6층, 2층, 마지막으로 다시 10층. 이제 엘리베이터는 5층까지 낙하하리라. 그곳에서 현우는 이상한 여성을 만나 대신 1층을 누를 것이다. 엘리베이터는 위로 올라가겠지. 10층에 도착하면 과거의 문을 열겠지. 소원은 잔뜩 긴장해 5층에 멈춰 선 엘리베이터를 바라보았다. 오싹한 표정의 여성을 떠올리며, 엘리베이터가 위로 올라가길 기대했다.

'5, 4, 3, 2, 1⋯⋯.'

그런데 엘리베이터는 위로 올라가지 않았다. 아래로 내려가 1층에서 멈췄다. 소원은 당황했다. 자신이 타지 않았으니 엘리베이터는 현우를 10층으로 데려가야 했다. 그런데 왜 엘리베이터는 1층으로 내려간 걸까? 소원은 급히 엘

리베이터를 호출했다. 1층으로 가야 했다. 그곳에서 현우
와 만나 무슨 문제가 있나 확인해야 했다.

엘리베이터가 15층에 도착했다. 소원이 엘리베이터에
탔다. 그런데 타자마자 엘리베이터가 심하게 흔들렸다. 일
주일 전 오늘 소원이 엘리베이터를 탔을 때도 이런 일이 있
었다. 당시엔 엘리베이터 문이 닫혀 있어 몰랐는데 오늘은
달랐다. 닫히는 문틈으로 보인 바깥 광경을 통해 무슨 일이
일어나고 있는지 알 수 있었다.

엘리베이터뿐만 아니라 15층 전체가 흔들리고 있었다.
지진이었다. 소원이 가장 먼저 떠올린 건 엄마의 안부였
다. 소원은 다시 열림 버튼을 눌렀다. 엘리베이터는 말을
듣지 않았다. 급강하했다. 지진의 영향으로 엘리베이터가
고장 난 모양이었다. 그러다 위아래로 심하게 요동쳤다. 엘
리베이터 문이 열렸다 닫히길 반복하다가 멈췄다. 문이 열
려서 보니 낯익은 여성이 눈앞에 있었다. 그 여성이었다.
일주일 전 오늘 만났던, 그림자가 져서 얼굴이 보이지 않
던 여성. 이번에도 여성은 엘리베이터에 탄 후 1층을 가리
키기만 할 뿐 버튼을 누르지 않았다. 소원은 설마, 하는 생

각으로 여성을 대신해 1층을 눌렀다.

엘리베이터는 10층에서 멈췄다. 문이 열렸다. 10층 홀은 컴컴했다. 그 탓인가, 복도를 따라 일렬로 선 현관문이 끝없이 이어지는 것만 같았다. 소원은 복도를 따라 걸으며 현관문의 숫자를 읽었다.

1208

706

109

204

소원은 글자는 알지 못하지만 숫자는 읽을 줄 알았다. 하지만 지금 이 순간엔 자신이 정말 숫자를 읽을 수 있는지 의심이 들었다. 그게 아니라면 10층에 왜 다른 층 현관문이 늘어서 있단 말인가? 게다가 왜 현우가 사는 1007호는 없단 말인가?

소원은 이상하다는 생각에 뒤를 돌았다가 깜짝 놀랐다. 엘리베이터에 같이 타고 있던 여성이 어느새 소원의 뒤에 바싹 붙어 서 있었다. 소원이 자신을 바라보자 손을 뻗었다. 소원은 너무 놀라 여성의 손을 피하려고 몸을 움직이다 바로 옆에 있던 현관문으로 쓰러졌다. 그러자 현관문이 힘없이 열리며 몸이 내동댕이쳐졌다. 소원은 현관에 드러누운 채 양팔을 허우적거렸다. 그런데 아무 일도 일어나지 않았다. 소원은 아까 그 여성이 자신처럼 문을 열고 들어오지 않을까 두려웠으나, 문은 잠잠했다. 소원은 조심스레 자리에서 일어났다. 현관문에 귀를 대고 밖의 동태를 살폈다. 아무 소리도 나지 않았다. 현관문을 살짝 열어보았다. 밖은 좀 흐리긴 해도 대낮이었다. 이상한 여성은 없었다. 끝도 없이 이어지는 듯한 복도 역시 사라졌다. 낯익은 아파트 복도 풍경이 보였다. 내친김에 소원은 현관문의 숫자를 확인했다.

803

소원은 803호에 들어와 있었다. 양옆은 각기 802호와 804호, 제대로 숫자가 이어지고 있었다. 10층에서 현관문을 열었는데 8층이란 건 이상했지만 일단은 안심했다. 그 여성을 다시 만나면 무서운 일이 생길 것만 같은 막연한 기분 탓이었다.

"계세요?"

소원은 조심스레 말해보았다. 안에서는 대답이 돌아오지 않았다. 소원은 잠시 망설이다 화장실로 향했다. 손과 발을 깨끗하게 닦고 다시 나왔다.

803호는 지나치게 어두웠다. 소원은 거실로 가서 다시한번 "누구 계세요?" 하고 물었다. 대답은 돌아오지 않았다. 대신 왜 이렇게 집 안이 어두운지 알았다. 거실 창 전체를 덮은 암막커튼 때문이었다. 소원은 다음으로 안방을 살폈다. 퀸사이즈 침대와 고풍스러운 장롱, 화장대가 놓여 있었다. 화장대에는 중년 여성과 고등학생 정도로 보이는 남성의 사진이 있었다. 소원과 마찬가지로 모자가정인 모양이었다.

"누구 왔어?"

뒤에서 남성의 목소리가 났다. 소원은 깜짝 놀라 침대 밑으로 숨어 들었다. 작은방 문이 열리며 한 남성의 맨발이 보였다. 그는 안방으로 다가오더니 "엄마?" 하고 말한 후 주방 겸 식당으로 이동했다. 냉장고 문을 열고 무언가를 꺼낸 후 다시 작은방으로 돌아갔다.

작은방 문이 닫히는 소리가 난 후, 소원은 침대에서 나왔다. 안방을 나와 작은방으로 다가갔다. 문에 귀를 갖다 댔다. 아무 소리도 나지 않았다. 소원은 살그머니 문을 열어보았다. 가장 먼저 느낀 것은 냄새였다. 소원은 한마디로 표현하기 힘든 체취에 인상을 찌푸렸다. 그러면서도 숨죽여 안을 들여다봤다.

소원의 집에서 작은방은 옷방이다. 현우의 집은 작은방이 현우의 방이었다. 803호에서 이 방은 아까의 젊은 남성 방인 듯했다. 젊은 남성은 목이 늘어진 티셔츠에 트렁크 팬티 차림이었다. 헤드폰을 끼고 책상에 앉아 컴퓨터 화면을 바라보고 있었다. 남성은 방금 안방에서 본 액자 속 고등학생인 듯했다. 하지만 그보다는 나이가 많아 20대 중반 정도로 보였다. 또 살도 많이 찌고 머리에도 까치집을 지은 데다 얼굴은 기름져 번들거리고 여드름도 잔뜩 있었다.

소원은 그가 무엇을 하나 궁금했다. 그의 옆으로 살금살금 다가가 컴퓨터 화면을 훔쳐보았다.

그는 우주를 배경으로 한 온라인게임을 하고 있었다. 소원은 현우의 집에 놀러 갔을 때 그 게임을 본 적이 있었다. 현우는 이 게임을 상당히 잘했다. 소원에게 자신의 레벨이 세계적인 수준이라고 자랑했다. 803호는 현우와 달리 게임에 재능이 없는 것 같았다. 전세가 불리했다.

소원은 훈수를 두고 싶었다. 하지만 803호에게 자신의 존재를 들키면 안 될 것 같았다. 대신 소원이 관심을 보인 것은 그가 먹는 감자칩이었다. 소원은 현우가 준 감자칩을 먹고 난 후, 감자칩을 제일 좋아하게 됐다. 803호는 키보드를 조작하는 중간중간 감자칩 봉지에 왼손을 집어넣었다. 감자칩 몇 조각을 먹고 다시 기름 묻은 손 그대로 키보드를 조작했다.

소원은 배가 고팠다. 생각해보니 마지막으로 밥을 먹은 게 언제인지 알 수 없었다. 소원은 살그머니 손을 뻗었다. 803호가 키보드를 조작하는 리듬에 맞춰 감자칩 봉지에 손을 넣어 재빨리 하나를 집어먹었다. 역시 맛있었다. 이 세상에 감자칩보다 맛있는 건 없는 것 같았다. 803호는 게

임에 집중하고 있으니 몇 조각 더 먹어도 괜찮을 것 같았다. 소원은 다시 감자칩 봉지에 손을 집어넣었다. 이번엔 욕심을 내서 두 조각을 동시에 꺼냈다. 하나를 먹고 다른 하나를 마저 먹은 후 다시 한번 감자칩 봉지에 손을 집어넣었다.

"졌잖아!"

그런데 803호가 헤드폰을 벗으며 소리쳤다. 짜증을 내며 휙 고개를 돌렸다. 소원과 눈이 마주쳤다. 입에 감자칩을 넣다가 그대로 멈췄다. 너무 놀라 아무 말도 하지 못한 채 803호를 바라보았다.

"어, 우리 소원이 언제 왔어? 감자칩 먹고 싶으면 형한테 이야길 하지."

그러더니 책상 서랍을 열고 새 감자칩 봉지를 하나 소원에게 건넸다. 소원은 받자마자 허겁지겁 감자칩을 먹어 치웠다. 그러자 803호가 "배가 많이 고팠나 보네" 하며 소원과 함께 작은방에서 나왔다. 주방 식탁에 마주 보고 앉아 컵라면을 하나씩 끓여 먹었다.

소원은 803호의 착각 덕분에 배부르게 끼니를 때울 수 있었다. 그러면서 대화해보니, 그의 이름은 김재민이고 무슨 까닭인지 소원을 자신의 친동생이라고 착각하고 있다는 사실을 알 수 있었다. 착각의 이유까지는 알 수 없어도 그가 자신에게 호감을 갖고 있다는 걸 깨닫자 소원은 안심이 됐다. 그러자 저절로 트림이 나왔다.

— 꺼억.

재민은 소원의 트림 소리에 함박웃음을 터뜨렸다. 소원의 머리를 쓰다듬으며 말했다.

"미안하다, 소원아. 형이 능력이 없어서 컵라면밖에 못 끓여주고. 형이 수능만 실패하지 않았어도 다 잘 됐을 텐데……."

갑자기 재민이 한숨을 길게 내쉬더니 자신의 이야기를 늘어놓았다. 고 3 때 수능에 실패했다. 성적에 맞추자면 갈 곳이 있었지만 현실을 인정할 수 없었다. 결국 재수를 했다. 하지만 더 안 좋은 성적을 받았다. 이후 삼수를 했지만, 공부할 맛이 안 나 어영부영하다 지금에 이르렀다.

"고 3으로 돌아간다면 그냥 수능 성적에 맞춰 대학에 갈 거야. 아니 열심히 공부해서 좋은 대학에 갈 거야. 그게 안 되면 작년으로라도 돌아갈 수 있었으면 좋겠어. 그럼 그냥 대학에 갈 텐데. 하지만 이미 늦었어. 입대를 더는 늦출 수 없으니까…….”

재민은 한참 말을 쏟아내더니 소원과 눈을 마주치고 퍼뜩 정신을 차린 표정이 됐다.

“소원아, 미안. 형이 이상한 이야기를 했다. 우리 감자칩이나 하나 뜯을까?”

소원은 재민이 안쓰러웠다. 그가 왜 자신을 친동생으로 착각하는지는 알 수 없지만 그래도 자신에게 먹을 것을 주었으니 은혜를 갚고 싶었다. 할 수 있다면 재민의 소원대로 과거로 돌아가게 해주고 싶었다.

“형.”

소원은 진심을 담아 말하면서 재민의 손을 잡았다.

“형이 바라는 대로 과거가 바뀌면 정말 좋겠다. 꼭 그런 일이 일어나면 좋겠어.”

“그게 우리 소원이 소원인가?”

재민이 현우처럼 짓궂게 말했다.

“응, 내 소원이야.”

소원이 환하게 웃으며 재민의 말을 받아쳤다. 그러자 갑자기 어둡기 짝이 없는 주변이 일그러지는 듯한 기분이 들더니 재구성됐다.

커튼이 걷히며 밝아졌다. 주변 가구의 형태도 조금씩 달라졌다. 무엇보다 가장 크게 변하고 있는 것은 손을 맞잡은 재민의 모습이었다. 재민의 얼굴 살이 조금씩 빠졌다. 여드름이 사라졌다. 안경테가 바뀌었다. 마침내는 입은 옷마저 달라져 재민은 목이 늘어난 티셔츠에 트렁크 팬티 대신 교복을 입고 있었다.

소원은 놀라 그런 재민을 바라보다가 천천히 손을 놓았다. 재민 역시 자신이 달라진 것을 깨달았다.

"뭐가, 어떻게 된 거지?"

재민은 가장 먼저 핸드폰을 손에 들었다. 핸드폰 역시 방금과 다른 모델이 되어 있었다.

"이건 내가 옛날에 쓰던 핸드폰인데……?"

재민은 핸드폰 화면을 열었다. 시간과 날짜를 확인했다.

"2018년 3월 21일이라고……?"

재민은 놀란 눈으로 소원을 바라보았다.

"설마, 우리가 과거로 돌아온 거야?"

소원도 재민도 이 상황을 반신반의했다. 하지만 재민이 학교에 가보니, 정말 고3이 되어 있었다. 재민은 처음엔 이 상황이 두려웠다. 한동안 공부를 하지 않고 집에서 게임만 했는데 다시 고3으로 사는 게 가능할까 싶었다. 그런데 공부하다 보니 기억이 되살아났다. 뇌 자체가 3년 전 과거로 돌아간 것만 같았다.

재민은 수능에 유리했다. 이번 수능에서 나올 문제와 해답을 어렴풋이 기억하고 있었기에 대책을 세울 수 있었다. 그 결과, 재민은 본래 가고 싶었던 대학보다 높은 등급의 대학, 원하는 학과에 진학할 수 있었다.

소원 역시 재민만큼 다른 인생을 살게 되었다. 이제 소원은 초등학생이었다.

처음 학교에 가던 날, 소원은 재민과 마찬가지로 두려웠다. 진정아파트에서 벗어나면 무서운 일이 일어날 것만 같았다.

소원은 태어나서 지금까지 진정아파트에서 벗어난 적이 없었다. 엄마가 집에서 내쫓으면 늘 진정아파트 곳곳에 숨어 있다 돌아올 뿐이었다.

하지만 아무 일도 일어나지 않았다. 학교에서는 좋은 일만 있었다. 친구가 생겼다. 점심시간이 되자 급식도 나왔고, 공부도 재밌었다. 첫날엔 글자를 몰라 난감했지만 노력하니 곧 따라잡을 수 있었다. 한 가지 마음에 걸리는 건 엄마였다.

이 세계에는 엄마가 존재하지 않았다.

소원은 처음 학교에 갔다 돌아오는 길에 1508호에 들렀다. 엄마를 만나볼 생각이었다. 그런데 도어록의 비밀번호가 달랐다. 소원은 자신이 비밀번호를 잘못 기억하는가 싶었으나 아니었다. 엄마한테 혼날 것을 각오하고 문을 두들겨보고 벨을 눌러봤지만, 안에서 반응이 돌아오지 않았다. 다음 날, 또 다음 날 몇 번이고 다시 와도 문이 열리는 일은 없었다. 현관문에 귀를 대봐도 집 안에선 아무 소리도 나지 않았다.

그럴 리 없었다. 엄마는 10년 전 진정아파트로 이사 온후 쭉 이곳에서 살았다. 소원도 마찬가지다. 늘 엄마의 눈치를 보며 숨어 지내는 게 일상이었다. 그런데 왜 1508호의 문이 열리지 않는 걸까?

소원은 이상하다고 생각해 1507호의 문을 두드려 보았지만 마찬가지였다. 1506호도 1505호도……. 그 어떤 집에서도 사람은 나오지 않았다. 소원은 다른 층도 모두 확인해 보기로 했다. 모든 아파트의 현관문은 굳게 닫혀 있었다.

뭔가 잘못되었다. 하지만 무엇을 어떻게 해야 할지 몰랐다. 소원은 조언이 필요했다. 그에게 도움을 줄 수 있는 건 재민밖에 없었다. 재민은 자신과 함께 과거로 돌아오는 경험을 했으니, 뭔가 이야기를 해줄 수 있을 것 같았다.

"넌 무슨 중2병이 초2에 왔냐?"

그런데 재민은 소원과 함께 과거로 돌아간 일을 기억하지 못하고 있었다. 소원이 하는 말을 다 장난이라고 생각하며 웃어넘길 뿐이었다.

3.

다시 2023년이 됐다. 803호 외에 아파트의 다른 주민과 마주치지 못한다는 것 말고는 평온한 나날이 계속됐다.

어느새 소원은 일상에 적응하고 있었다. 1508호 이소원이었을 때의 기억은 점차 사라져 정말 자신이 803호 김소원으로 태어났다는 생각이 들 정도였다. 소원의 발육 역시 정상으로 돌아왔다. 이제 소원은 또래 사이에서 키와 몸집도 큰 편이었다.

재민 역시 자신의 삶에 최선을 다하고 있었다. 그는 예전의 기억이 없다고 하면서도 매사에 열심이었다. 대학에 들어가자마자 휴학하고 군대부터 다녀오더니 바로 복학했다. 이후 늦은 시각까지 도서관에서 공부를 하는가 하면, 체력 단련도 골고루 했다. 최근에는 여자친구도 생겼다. 여자친구 역시 재민처럼 공부에 열심이었다.

2023년 7월 17일 밤, 소원의 핸드폰이 울렸다.

재민　데또 끝나고 집 가는 중 ㅋㅋㅋ

재민　여친님 사진 간다 ㅋㅋㅋㅋ

소원은 깜빡 책상에서 잠이 들었다. 눈을 비비며 일어나 핸드폰을 손에 들었다. 하품을 길게 하며 재민이 보낸 여자친구 사진을 보다가 그대로 얼어붙었다.

"5층 여자!"

10층, 소원의 뒤에 바싹 붙어 서 있던 여성이 핸드폰 화면에 있었다. 잊었던 기억이 몰려들었다. 끝없이 이어지던 복도, 우연히 들어간 문에서 재민과 만난 후 그의 동생이 되어 살아온 일⋯⋯. 소원은 놀라 핸드폰을 집어던졌다.

재민 왜 대답이 없 ㅋㅋㅋ

재민 너무 예쁨? ㅋㅋㅋㅋ

다시 재민에게서 메시지가 왔다. 소원은 두려운 표정으로 바닥에 떨어진 핸드폰을 손에 들었다.

"어?"

핸드폰 화면의 얼굴이 평범한 여성으로 바뀌어 있었다. 소원이 잘못 본 모양이었다.

'역시 그건 꿈이었나?'

하긴, 소원이 다른 집 아들이라는 건 말이 안 됐다. 그래도 소원은 찝찝했다. 뭔가 잘못된 것 같은 기분이 들었다. 하필 핸드폰의 날짜와 시각이 문제의 7월 17일, 11시 반을 넘어가고 있다는 사실도 불안했다. 안 좋은 일이 일어날 것 같았다.

소원 형 어디까지 왔음?

재민 한 30분은 더 걸려

소원 마중 가께

소원은 급히 집에서 나와 8층 홀로 향했다. 엘리베이터를 기다렸다. 그러는 사이 다시 한번 바닥이 울렸다. 으르릉 소리라도 날 듯 강한 진동에 소원은 좀 더 불안해졌다. 어서 엘리베이터를 타고 1층으로 내려가고 싶었다.

엘리베이터가 도착했다. 문이 열림과 동시에 강한 진동이 오는가 싶더니 바닥이 사라지는 것 같았다. 소원은 이게 뭐지? 싶어 주변을 둘러보다가 건물에 금이 가고 있는 것을 발견했다.

아 파 트 가 붕 괴 한 다.

소원에게 이 모든 광경은 슬로모션으로 보였다. 아주 천천히 붕괴하는 아파트에 소원은 멍하니 있다가 본능적으로 엘리베이터에 탔다. 엘리베이터 문을 닫으려 했지만 소용없었다. 아까의 충격으로 망가진 듯 문이 열린 채 아래위로 심하게 튕기며 움직였다. 그러더니 결국 멈춘 곳은 5층이었다.

얼굴에 깊은 그림자를 드리운 젊은 여성이 엘리베이터

에 탔다. 여성은 1층 버튼을 가리켰다. 이다음 순서는 기억하고 있었다. 소원은 말없이 1을 눌렀다. 그와 동시에 엘리베이터가 솟아오르더니 10층에서 정지했다. 소원이 너무나 잘 알고 있는 풍경이 펼쳐졌다. 끝없이 펼쳐진 복도.

소원은 엘리베이터에서 내리기 전, 잠시 여성을 올려다보았다. 그러자니 그가 인간이라기보다는 인간과 비슷한 형태의 어둠…… 정확히는 그림자에 가깝다는 사실을 알 수 있었다. 처음 그를 여성이라고 인식한 것은 현우에게 엘리베이터 괴담을 들어서인 듯했다.

"뭐가 어떻게 된 거죠?"

소원의 눈앞에서 아파트가 붕괴했다. 그런데 10층은 멀쩡했다.

그림자는 대답이 없었다. 여전히 복도를 가리킬 뿐이었다. 소원은 그림자의 손짓에 따라 복도를 걷는 것밖에 할 수 있는 일이 없었다.

예전에 왔을 때와 마찬가지로 뒤죽박죽 숫자가 섞인 현관문이 끊임없이 이어졌다. 그림자는 소원의 뒤에 바싹 붙어 따르고 있었다. 그가 소원의 긴 그림자가 되기라도 한 것 같았다.

소원은 그림자 때문에 뒤로 돌아가는 것이 불가능했다. 이왕 이렇게 된 거, 복도 끝까지 가기로 마음먹었다. 그렇게 끝까지 가면 비상구가 나올지도 몰랐다.

그러나 비상구는 없었다. 끝이 없을 것만 같던 복도의 끝은 어둠으로 막혀 있을 뿐이었다. 소원은 뒤로 물러날 수도 없고 앞으로 갈 수도 없었다. 그가 갈 수 있는 곳은 눈앞의 문뿐이었다. 소원은 문의 숫자를 확인했다.

102

소원은 울상이 되어 생각했다. 이 현관문의 숫자가 1508로 바뀌길 간절히 바랐다. 그리고 다시 고개를 들었다.

1508

정말 호수가 바뀌었다. 소원은 기뻤다. 호수가 바뀐 게 이상하다는 생각까지는 하지 못했다. 지금 소원의 머릿속은 엄마 생각으로 가득했다. 엄마가 안전하길 바랐다. 엄마가 행복하길 바랐다……. 이왕이면 엄마가 자신을 그리워하고, 너무나 보고 싶어 하길 바라며, 사랑한다고 말해주길 바라며 문을 향해 손을 뻗었다. 문은 저항 없이 가볍게 열렸다. 환한 빛이 쏟아졌다. 소원은 빛을 감당하지 못해 눈을 꽉 감았다.

4.

소원이 다시 눈을 떴을 때, 눈앞에 엄마가 서 있었다.

"엄, 엄마!"

소원은 얼결에 소리를 내고 엄마를 끌어안았다가 공포에 질렸다. 예전의 기억이 떠오른 것이다. 엄마의 허락을 받지 않고 말을 한 데다 무작정 끌어안았다. 모르는 옷과 신발을 신었으니 가만둘 리가 없다.

"이, 이건 안 돼! 절대 안 돼!"

소원은 급히 신발을 벗으려 했다. 그런데 이상했다. 소원은 해진 티셔츠에 맨발 차림이었다. 게다가 지난번과 달리 자신은 1508호 현관이 아닌 엘리베이터 안에 서 있었다.

"너, 괜찮니……?"

엄마가 걱정스러운 목소리로 말했다.

'도망칠 공간을 확보해야 해.'

소원은 경계를 늦추지 않았다. 엘리베이터에 있으면 사각이 없다. 엄마의 양손이 박스로 가득 차 있으니 이 틈을 이용해야 했다.

소원은 엄마의 가랑이 사이로 빠져나가 엄마의 뒤로 나왔다. 이제 안심할 수 있었다. 등 뒤는 15층 복도와 계단이다. 마음만 먹으면 도망칠 수 있다.

엄마는 박스를 든 채 몸을 돌렸다. 놀란 표정으로 소원을 바라보더니 조심스레 물었다.

"너 왜 그러니?"

엄마의 말투가 평소와 달랐다.

소원은 더욱 경계했다. 생각해보니 그것 말고도 엄마는 아주 이상했다. 평소 엄마는 낮에 늘 잔다. 그런데 지금 엄마는 여름 반소매 티셔츠에 청바지 차림으로 엘리베이터에 타고 있다. 게다가 품에는 커다란 박스까지 들고 있었다. 저건 꼭 쓰레기 같다. 그럴 리 없다. 엄마는 쓰레기 치우는 걸 싫어한다. 베란다며 다용도실에는 쓰레기가 잔뜩 쌓여 있다. 그런 엄마가 낮에 나와 청소를 하다니 뭔가 잘못됐다.

엄마는 박스를 바닥에 내려놓고 몸을 낮췄다. 소원과 눈을 마주치더니 무척 염려스러운 표정을 지으며 다시 한번 말했다.

"너, 괜찮아? 무슨 일 있어?"

소원은 당황했다. 엄마가 왜 낯선 표정을 지으며 다정하게 말하는지 알 수 없었다.

'또 화장실에 감금하려는 것은 아닐까?'

예전, 엄마가 어딘가 여행을 갔을 때 그런 일이 있었다. 엄마는 사흘 후 돌아올 거라며, 집을 더럽히면 안 되니까 화장실에 있으라고 했다. 봉지 빵 하나를 주고 소원을 가뒀다.

소원은 사흘 후 돌아온다는 말만 믿고 빵을 조금씩 먹으며 버텼다. 빵을 다 먹은 후에는 날짜 감각이 사라졌다. 잠들고 깨고를 반복할 때마다 물로 배를 채웠다. 나중엔 그마

저도 움직일 기력조차 없어 변기 옆에 모로 누워 있을 뿐이었다.

엄마는 사흘이 아닌 일주일 후에 돌아왔다. 화장실 문을 열었을 때, 엄마가 소원을 보고 한 말은 "멀쩡하네"였다. 그런 엄마가 다정하게 말할 리 없었다.

엄마는 소원을 내려다보다 아예 쭈그리고 앉았다. 소원과 눈을 마주쳤다. 소원은 두려워 시선을 피하다 엄마의 팔에서 눈을 멈췄다. 그러고 보니 엄마가 흔치 않게 반소매를 입고 있었다. 게다가 그 팔엔 주삿바늘 자국이 없었다.

엄마는 평소 자기 팔에 주사를 놓았다. 마음이 아프기 때문이랬다. 엄마는 주사를 맞을 때면 지나치게 기분이 좋거나 나빴다. 기분이 좋을 때면 소원을 잡고 "엄마가 뭐든지 다 해줄게!"라며 먹을 것을 잔뜩 주었다. 소원을 끌어안고 뽀뽀를 해줬다. 하지만 기분이 나쁠 때면 소원을 발로 차고 화장실에 가뒀다. 소원의 허벅지를 담뱃불로 지질 때도 있었다.

"너 여기 사니?"

이상한 질문이었다. 함정이 있는 게 분명했다. 소원이

망설이자 엄마가 다시 한번 물었다.

"여기 사냐고?"

소원은 망설이다 고개를 끄덕였다. 엄마는 또 질문했다.

"몇 호 사는데?"

"1508호."

엄마는 더욱 놀란 표정을 지었다.

"이름은 뭐야?"

"이소원요."

"엄마는 어딨어?"

소원은 이 말에 대답 대신 엄마를 빤히 바라보았다. 역시 이건 함정이다. 하지만 대답을 안 한다고 맞을 수도 있었다.

"엄마……?"

소원은 한참의 망설임 끝에 가까스로 말했다.

엄마는 더욱 심각한 표정이 되었다.

"엄마를 잃어버린 모양이구나. 아줌마랑 같이 가자."

엄마가 몸을 일으켜 엘리베이터를 호출했다. 그 사이 엘리베이터는 다시 1층까지 내려가 있었다.

얼마 후, 엘리베이터가 15층에 도착했다. 엘리베이터 문이 열리자 엄마가 먼저 탔다. 소원은 바로 타지 못하고 당황했다. 엘리베이터 맞은편 전신거울에 비친 자신의 모습 탓이었다.

'본래 모습으로 돌아왔어.'

소원은 다시 다섯 살처럼 보이는 아홉 살 아이였다.

"뭐 하니? 안 타?"

소원은 넋이 나가 자신의 모습을 바라보고 있었다. 그러자 엄마가 엘리베이터에서 내려 몸을 낮췄다. 소원과 눈을 마주치고 말했다.

"아줌마 이상한 사람 아니야. 네 엄마를 찾아주려고 해."

"아줌마……?"

"응, 아줌마. 아줌마 이름은 이신애야. 이 아파트에 오늘 이사 왔단다."

엄마가 소원에게 손을 내밀었다.

"그러니 엘리베이터 같이 타자?"

소원은 엄마의 손을 빤히 바라보았다. 망설이다가 엄마와 손을 맞잡고 함께 엘리베이터에 탔다.

소원은 가슴이 두근거렸다. 엄마와 함께 엘리베이터에 타는 것도, 손을 맞잡는 것도 처음 있는 일이었다. 현우 말 대로 이번에야말로 엘리베이터가 이세계로 소원을 데려다 준 건지도 모르겠다. 즉, 이곳의 엄마는 진짜 엄마가 아닌 것이다.

'진짜가 아니라도 괜찮아.'

소원은 엄마의 손을 꼭 잡으며 생각했다. 이곳의 엄마, 아니 아줌마는 소원이 아는 엄마보다 훨씬 친절했다. 게다 가 기분이 좋아 보였다. 소원은 엄마가 행복하다면 그걸로 됐다고 생각했다.

크로노토피아

5.

신애는 소원을 모른 체할 수 없었다. 그건 아이가 자신의 집이 1508호라고 말한 탓이 컸다.

1508호, 그곳은 신애가 오늘 이사 오는 집이었다.

이사를 가며 키우던 동물을 버린다는 이야기는 많이 들었다. 하지만 아이를 버리는 건 처음 봤다. 아무리 봐도 이 아이는 부모에게 학대당하다 못해 버림받은 모양이었다. 해진 티셔츠로 가려지지 않는 허벅지를 담뱃불로 지진 자국이 그 증거였다.

엘리베이터가 1층에 섰다. 신애는 소원의 손을 꼭 잡고 경비실로 향했다.

"아저씨, 저 오늘 1508호에 이사 오는 사람인데요."

"아, 예. 안녕하세요. 아기 엄마?"

경비가 신애와 소원을 번갈아 보며 말했다. 신애는 경비가 자신과 소원의 사이를 오해했다는 사실을 깨닫고는 소원의 손을 조심스레 놓았다.

"엄마 아니에요. 저 애 없어요."

소원이 놀란 표정으로 신애를 올려다보았다. 그 표정을 본 신애는 가슴이 아팠다. 다시 경비에게 말했다.

"그게 아니라, 얘가 원래 1508호에 살았대요. 그런데……."

신애는 여기까지 말하고는 소원을 쳐다보았다. 아이가 듣고 있는데 버림받았다는 말을 하면 안 될 것 같았다. 경비에게 조금 더 가까이 다가가 속삭였다.

"애를 버리고 이사 간 모양이에요. 어떻게 해야 하죠?"

경비는 너무 놀랐는지 멍한 표정이 됐다. 잠시 신애를 바라보다 더듬더듬 입을 열어 오히려 물었다.

"애를 버리고 가요?"

경비도 함께 목소리가 작아졌다.

"예. 애를 놓고 갔어요. 어떻게 해야 하죠?"

"말세다, 말세……. 그러면 어디 보자. 전세? 월세? 아니면 집 구입해서 오셨어?"

"전세요."

"그럼 일단 집주인한테 연락을 해보시고……. 아니, 잠깐만. 이사 오면 부동산에서 잔금 치르지 않나? 그때 이야기하면 되잖아."

"아, 정말. 그러네요. 제가 경황이 없어서. 남편한테 연락을 할게요."

사실 남자친구지만 괜한 말이 나올까 봐 남편이라고 했다. 지금쯤 남자친구는 부동산에서 잔금을 치르고 있으리라. 그렇다면 1508호에 살던 사람과 헤어지기 전 어서 연락해야 했다.

신애는 바로 남자친구에게 전화를 했다. 그런데 남자친구의 번호가 결번이라고 나왔다. 신애는 의아했다. 당황해서 다시 걸었지만 결과는 마찬가지였다.

6.

한 시간 후, 신애는 소원의 손을 꼭 잡은 채 근처 파출소
에 있었다.

"다시 한번 상황 정리를 해볼게요."

50대 중후반으로 보이는 제복 경찰은 심각한 표정으로
팔짱을 끼고 있다가 입을 열었다.

"이신애 씨께서는 오늘 2013년 9월 12일 서울에서 이곳
남양주 진정읍 진정아파트로 이사 오셨습니다. 지난번 집
은 월세에 이신애 씨 명의였는데, 이번 집은 남자친구와 동
거를 하기로 했습니다. 전세에 마찬가지로 이신애 씨 명의,

그리고 은행 대출을 받으셨고요. 맞습니까?"

"네, 맞아요."

"관련 서류는 같이 살기로 한 남자친구가 대신해주기로 했습니다. 그런데 남자친구가 갑자기 연락이 안 되는 상황이지요? 당황해서 부동산에 연락했다가 잔금을 치르러 간다던 남자친구가 그곳에 들르지 않았다는 사실을 알았고요. 동시에 이 아이를 발견했는데 이름은 이소원이고 1508호에 산다고 했다?"

"네, 네!"

파출소의 문이 열렸다. 젊은 경찰 몇 명이 들어오며 "충성"을 외쳤다.

"충성."

중년 경관은 가볍게 묵례를 한 후 말을 이었다.

"이신애 씨는 급히 부동산으로 향했다. 그런데 이전 1508호 거주자는 집주인과 동일인으로 할머니셨다. 평생 독신에 아이는 키우지 않았다?"

중년 경관의 말에 방금 지구대에 들어온 젊은 경관들이 관심을 보였다. 경관들은 슬금슬금 다가와 팔짱을 끼고 신애와 소원을 바라보았다.

신애는 그 기세에 약간 겁을 먹었다. 무릎에 앉은 소원을 꽉 끌어안은 채 말했다.

"네, 맞아요."

"현재 상황에서 저희가 해드릴 수 있는 건 남자친구분 행방과 이 아이의 부모를 찾아주는 일 같아요. 일단 남자친구분 수배는 했으니 기다려봅시다."

"아, 저 그럼 잔금은 어떻게 해야 하나요? 당장 부동산에서 집주인분이 기다리고 계신데……."

"그건 저희가 어떻게 해드릴 수가 없어요. 사정을 말씀하시고 양해를 구해보시거나 해야 할 것 같네요."

"대체 왜 이런 일이……."

신애는 금방이라도 눈물을 뚝뚝 흘릴 것 같은 표정을 지었다. 중년 경관이 그런 신애를 안쓰럽게 바라보다 방금 들어온 젊은 경관에게 말했다.

"진정부동산에 같이 가서 상황 좀 잘 말씀해드려."

"그러겠습니다."

"너는 아저씨들이랑 같이 경찰서에 있자. 부모님 찾을

때까지만 있는 거야."

젊은 경관 두 명이 각기 신애와 소원에게 말했다. 소원은 이 말에 겁을 먹었다. 신애의 품에 더욱 파고들어 작은 소리로 말했다.

"엄마……."

신애는 마음이 약해졌다.

처음부터 신애는 소원을 내버려둘 수 없었다. 이번에도 마찬가지였다. 애절한 표정으로 자신을 바라보는 소원에게 혼자 있으란 말을 할 수 없었다.

"제가 데리고 갈게요."

"괜찮으시겠어요? 많이 심란하실 텐데……."

젊은 경관이 걱정스러운 표정으로 물었다.

"이 아이는 얼마나 더 불안하겠어요, 경찰서에 혼자 남으면."

신애는 그렇게 말하며 소원의 손을 꼭 잡았다.

"이런 아이를 어떻게 그냥 두고 가요?"

"좋은 분이시네요."

젊은 경관은 신애와 소원을 데리고 함께 부동산으로 갔

다. 부동산에는 부동산 사장과 1508호 집주인이 기다리고 있었다. 부동산 사장은 60대로 보이는 여자였고, 집주인은 할머니였다.

젊은 경관은 신애를 대신해 부동산 사장과 집주인 할머니에게 상황을 설명했다.

"이걸 어쩌면 좋나?"

부동산 사장은 바로 난처한 표정을 지었다. 그에 반해 집주인 할머니는 침착해 보였다. 할머니는 신애와 소원에게 다가가더니 소원의 앞에 쭈그리고 앉았다.

"많이 무서웠지?"

그 말에 소원은 이상하게 안심이 되었다. 눈물이 터졌다. 그러자 신애도 따라 울음이 터졌다.

"아니, 새댁은 왜 울어?"

부동산 사장이 당황해서 휴지를 집어주었다.

"만약 못 잡으면 어쩌죠? 빚을 어떻게 또 져요?"

신애는 전세로 이사 오느라 이미 빚을 졌다. 이대로 남자친구가 잡히지 않는다면, 그 상태에서 전세보증금 전체 금액만큼 빚을 더 져야 했다.

"저희 유능합니다. 금방 잡을 거예요."

젊은 경관이 위로해주었지만 신애는 쉽사리 진정하지 못했다. 큰 소리로 울음을 터뜨렸다. 젊은 경관은 쩔쩔매며 신애를 다독였다.

"남자친구분 차 번호도 다 알지 않습니까? 수배했으니 멀리 못 갔을 겁니다."

그러는 사이 다시 무전이 왔다. 젊은 경관은 무전기를 잡고 황급히 부동산을 나섰다가 돌아왔다.

"잡았습니다!"

얼굴이 무척 밝아져 소리쳤다.

"마침 접촉 사고를 냈답니다! 현금도 그대로 있답니다!"

"정말 잘됐습니다, 잘됐어요."

부동산 사장이 자기 일처럼 기뻐했다.

"거 봐, 괜찮다고 했잖어."

1508호 주인 할머니가 말했다.

"나는 이 아파트에서 살고 난 후로 좋은 일만 계속됐어. 그러니 새댁도 좋은 일만 계속될 거야."

"고맙습니다. 그러고 보니 정말 좋은 일이 있었네요."

신애가 소원의 손을 꼭 잡으며 말했다.

"이 아이를 만난 거요."

"그 아이가 왜요?"

부동산 사장이 물었다.

"이 아이를 우연히 만난 덕분에 남자친구가 보증금을 들고 도망쳤다는 사실을 알았어요. 아니면 한참 후에 알았을 거예요."

"참 신기한 일이네."

1508호 주인 할머니가 소원의 머리를 쓰다듬었다.

"이 아이 부모님을 못 찾으면 어떻게 될까요?"

신애가 말했다.

"보육원에 가야겠지."

"고아가 된다는 말인가요?"

"네, 뭐. 그렇죠……."

"얼마나 두고 보게 되나요?"

이 말에는 할머니도, 부동산 사장도 대답하지 못했다. 대신 모두의 시선이 젊은 경관에게 향했다. 젊은 경관은 갑작스런 시선에 당황했다. 무전기를 들고 멍하니 서 있다가

허겁지겁 바지 주머니에서 지갑을 꺼내 신애에게 명함을
건넸다.

"이거 제 명함이에요. 저는 이신애 씨 연락처 아니까요,
뭐든지 알게 되면 언제든 연락 드릴게요."

신애는 젊은 경관의 명함을 들여다보았다. 그런데 명함
의 글자가 한자였다. 신애는 난감한 표정을 짓다가 말했다.

"저, 제가 한자를 잘 몰라서…… 어떻게 읽는 건가요, 성
함을?"

"아, 뒷면은 한글이에요."

신애는 지훈의 말에 명함을 뒤집어보았다.

정지훈

"창피하네요. 이런 것도 눈치채지 못하다니……."

"당황하면 그럴 수도 있죠. 오늘 많이 놀라셨잖아요. 그
런데도 아이까지 챙기시고, 신애 씨는 좋은 분 같아요."

지훈은 신애를 보며 부드럽게 웃었다. 신애도 그런 지훈
을 마주 보며 웃었다.

6.

7.

이후, 신애는 소원의 일로 지훈과 연락을 주고받았다.

"그림자 아이였던 모양입니다."

지훈은 자기 일처럼 소원을 염려했다.

"출생신고도 되어 있지 않은 걸 보면, 학교도 다니지 않았을 수도 있습니다. 부모님의 보살핌도 받지 못하고, 집에만 있었을 가능성이 있어요."

신애는 화가 났다. 대체 어떤 부모가 이렇게 귀여운 아이를 버린 건지, 그 얼굴이 진심으로 궁금했다.

아니, 부모를 알고 싶지 않았다. 이대로 부모가 돌아오

지 않으면 좋을 것도 같았다. 그래서 소원과 함께 산다면,

좋은 일만 계속될 것 같았다.

8.

　며칠인가 지났을 때, 신애는 소원과 나란히 누워 잠들기
전 이런 이야기를 나누었다.

　"소원이는 강아지 좋아하니?"

　"강아지요?"

　소원은 잠시 생각에 잠겼다가 대답했다.

　"잘 모르겠어요. 본 적이 없거든요."

　이 말에 신애는 가슴이 내려앉았다. 소원이 집 안에 늘
갇혀 있었기에 강아지를 볼 수 없었다는 말로 들렸기 때문
이다.

"그랬구나. 아줌마가 가게 열면 소원이가 자주 강아지랑 놀 수 있게 해줄게."

"가게요?"

"아줌마는 애견미용사가 되는 게 꿈이야."

아무에게도 말하지 않았던 신애의 꿈이었다. 남에게 말하면 이루지 못할 것만 같아 말할 수 없었다. 그런데 소원에겐 말해도 될 것 같았다. 이름 탓인가, 소원에게 소원을 말하면 정말 이뤄질 것 같았다.

"꼭 이뤘으면 좋겠어요."

소원은 신애의 말에 무척 진지하게 대꾸했다. 하지만 얼마 지나지 않아 시무룩해졌다. 왜 그러냐고 물으니 이렇게 답했다.

"나는 집으로 돌아가야 하니까……."

신애는 이 말에 또 한 번 가슴이 무너졌다. 지금껏 어떤 이별 통보보다도 충격적인 아픔이었다.

9.

신애는 누군가와 소원의 이야기를 나누고 싶었다. 하지만 마음을 터놓고 지내는 사람이 없었다. 신애는 가족이 없다. 남자친구와 무턱대고 동거를 시작한 것도 그 외에는 마음을 털어놓을 상대가 없는 탓이 컸다. 그래서 신애는 지훈에게 더욱 자주 연락하게 되었다. 신애가 연락할 때마다 지훈은 즉각 답을 했다. 순찰하다 일부러 집에 들러서 소원에게 장난감이며 먹을 것을 건네는가 하면, 소원이 인터넷으로 혼자 하는 공부에 푹 빠졌다는 말에 태블릿을 선물하기도 했다.

신애는 함께하는 시간이 길어질수록 지훈에 대한 호감이 커졌다. 하지만 남자친구와의 과거를 너무 잘 알고 있는 지훈이기에, 이런 감정을 표현하는 게 민폐 같았다.

신애의 망설임을 가장 먼저 눈치챈 건 소원이었다.

"아저씨도 아줌마 좋아해요."

그날 소원은 지훈이 사 온 아이스크림을 먹으며 태블릿을 들여다보다가 말했다.

"그걸 네가 어떻게 알아?"

"물어봤으니까……."

"뭐어?"

"아줌마 마음 눈치 못 채게 잘 물어봤지. 서로 좋아하는 거니까 아무 문제 없지 않아요?"

"그, 그건 그러네."

"나는요, 아줌마가 아저씨랑 결혼해서 행복하게 살았으면 좋겠어요. 그러면 나도 행복해질 것 같아요……. 정말 다행이죠."

그런데 그렇게 말하는 소원의 표정이 이상하게 슬퍼 보였다.

"뭐가 다행이야?"

"아니, 아무것도 아니에요. 그런 게 있어."

10.

소원은 신애의 말에 대답을 얼버무렸다. 차마 "이제 나는 떠나야 하니까"라는 말을 할 용기가 나지 않았다.

이제 소원은 자신의 상황을 완벽하게 이해하고 있었다. 자신이 10년 전으로 돌아왔다는 사실과 신애의 과거를 바꿨다는 사실 역시 알았다.

처음 소원은 단순히 현관문을 열면 그 집에 사는 누군가의 과거로 돌아가는 것이라고 생각했다. 하지만 이번엔 달랐다. 소원은 그 호수에 해당하는 집의 현관문이 아닌 엘리베이터로 돌아왔다. 또 이곳에서는 803호 재민의 경우와 달리 다른 아파트 주민들을 만날 수 있었다. 뭣보다 가장 의아했던 것은 자신이 예전의 모습으로 돌아갔다는 사실이었다. 그래서 소원은 이렇게 생각할 수밖에 없었다.

'여긴 과거가 아니라 또 다른 세상, 즉 이세계일 가능성이 높다.'

소원은 이세계 엄마의 과거를 바꿨다. 이제 엄마를 괴롭히던 소원의 친아빠는 없다. 엄마는 진정아파트로 이사를 와서 친아빠와 같이 살게 된 게 모든 문제의 원인이라고 말하곤 했다. 엄마가 말한 소원의 친아빠는 보증금을 들고 도망친 남자친구이리라.

소원이 살던 세계에서는 엄마의 남자친구가 돈을 들고 도망치는 데 성공했다. 하지만 이번엔 실패했다. 게다가 신애는 그런 남자친구를 잡아준 경관 지훈에게 호감을 느끼고 있다. 소원이 볼 때, 그건 지훈도 마찬가지였다.

둘은 이대로 사귀어 결혼할지도 모른다. 그러면 아이를 낳을 것이다. 문제는 이다음이다. 둘이 낳은 아이는 소원이 아니다. 즉, 이 세계에서 소원은 태어나는 것 자체가 불가능하다.

처음 이 사실을 깨달았을 때, 소원은 크게 충격을 받았다. 하지만 신애와 잠깐이나마 행복한 시간을 보내고 나니 차라리 이게 낫지 않을까 싶었다.

소원이 기억하는 엄마는 늘 불행했다. 불행의 원인은 잘못된 동거와 그로 인해 소원이 태어난 탓이었다. 이 세계의 신애는 달랐다. 꿈에 부풀어 있다. 이대로 지훈과 결혼이라도 하게 된다면 정말 애견미용실을 차리게 될지도 모른다.

소원은 신애가 모든 걸 이루길 바랐다. 그러려면 자신이 신애와 지훈의 완벽한 삶에서 사라지는 것이 중요했다. 소원은 그걸로 충분했다. 이 세계에서 소원은 신애에게 분에 넘치는 사랑을 받았다. 딱 맞는 옷과 신발도 처음 엄마에게 받았다. 이걸로 됐다. 이제는 신애가 행복해질 차례다.

'그 전에 마지막으로 해야 할 일이 있지.'

오늘은 지훈이 야간 순찰을 도는 날이다. 지훈은 밤 11시 12분 즈음 진정아파트에 들른다. 소원과 신애에게 별일이 없나 확인하기 위해서다.

소원은 지훈이 오는 시간에 맞춰 아파트 입구로 마중을 나갔다.

"소원아, 왜 나와 있어?"

얼마 안 가 지훈이 나타났다.

"아저씨!"

"응?"

"아줌마가 아저씨 좋아해요."

지훈이 소원의 말에 굳어버렸다.

"그런데 고백을 못 하겠대요. 아줌마가 아저씨한테 너무 부족해서 그렇대요. 그러니까 아저씨가 먼저 좋아한다고 말해줘요."

지훈은 놀란 표정으로 소원을 바라보기만 했다. 소원은 그 표정이 거절인 것만 같아서 불안했다. 그의 손을 꽉 잡고 올려다보며 말했다.

"그래 줄 수 있죠? 네? 그게 제 소원이에요. 네?"

"물론이지."

지훈은 손을 꽉 쥐었다.

"소원이 소원은 반드시 들어줘야지."

지훈의 말에 소원이 활짝 웃었다. 그의 등을 떠밀어 엘리베이터에 태웠다. 15층을 누른 후 문을 닫았다.

"아저씨! 고백해요! 파이팅!"

"야, 너, 너는 안 타?"

지훈은 당황해서 다시 열림 버튼을 눌렀다.

"고백은 단둘이 있을 때 해야죠!"

소원은 냉큼 손을 뻗어 다시 닫힘 버튼을 눌렀다. 그러고는 활짝 웃으며 말했다.

"반드시 성공하기다, 아저씨!"

지훈은 다시 열림 버튼을 누르지 않았다. 대신 닫히는 엘리베이터 문틈으로 고개를 크게 끄덕여 보였다.

엘리베이터가 올라가기 시작했다. 소원은 엘리베이터가 쭉쭉 올라가 15층에 멈추는 것을 바라보며 엄마가 기뻐할 모습을 상상했다.

소원이 다시 엘리베이터를 1층으로 불렀다.

'이제 돌아가도 되겠어.'

소원은 작은 종이에 적어 온 메모를 들여다보았다.

본래 세계로 돌아가는 법

1. 아무도 없는 엘리베이터에 탄다. 1층을 누른다. 1층이 눌러

지지 않으면 될 때까지 계속 누른다. 그러면 엘리베이터가
위로 올라간다.

2. 5층에서 여자가 탄다. 1층에서 여자가 내린 후 다시 탄다.

3. 이세계로 올 때 눌렀던 층수를 반대로 누른다. (10층-2층-6
층-2층-4층)

4. 마지막으로 10층을 누른다. 엘리베이터가 1층으로 향한다.

5. 1층 문이 열리면 본래 세계로 돌아온 것이다.

소원은 틈이 날 때마다 엄마 핸드폰이며 태블릿으로 엘
리베이터 괴담을 찾았다. 그러다 이세계로 가는 법에 이어
본래 세계로 돌아가는 법도 발견할 수 있었다. 소원은 이세
계로 가는 데 성공했으니, 돌아가는 것 역시 성공할 것 같
았다.

딱 하나 마음에 걸리는 것은 신애의 행복이었다. 하지만
이제 지훈과 연결될 테니 본래 세계로 돌아가더라도 후회
는 없었다.

엘리베이터가 1층에서 멈췄다. 소원이 엘리베이터에 탔
다. 1층 버튼을 향해 손을 뻗었다. 버튼을 누르기 전 심호흡

을 크게 하고 말했다.

"안녕, 엄마."

11.

"엄마, 이건 버려?"

소원이 꽃무늬 실내화를 손에 들고 말했다. 신애는 즉각
답을 하지 못하고 망설였다. 지난달 청소하러 왔을 땐 할머
니 냄새가 배어 있다고 생각하니 쉽사리 버릴 수 없었다.
하지만 돌아가신 지 이제 반년이 더 지났으니 괜찮을 것 같
았다.

"그래, 버리자!"

"오케이."

소원은 실내화를 박스로 던졌다. 박스에 꽃무늬 실내화

크로노토피아

가 골인하는 것과 동시에 비글 한 마리가 뛰어들었다.

이 기운 넘치는 비글의 이름은 망치. 소원과 신애가 같이 살게 된 다음 해에 태어났으니, 올해로 아홉 살이다. 망치는 실내화를 물고 다시 소원에게 달려와서 꼬리를 살랑살랑 흔들었다.

"야, 그거 장난감 아니고 버리는 거야."

소원은 실내화를 뺏으려 했지만, 망치는 꼬리를 흔들며 실내화를 입에서 놓지 않았다. 소원은 어쩔 수 없이 실내화를 포기했다. 대신 서재에 들어갔다. 한쪽 벽면을 가득 채운 책장 앞에 서서 마스크를 썼다. 지난달 청소하러 왔을 때 방심했다가 먼지 세례를 받았다. 이번엔 그때 일을 잊지 않고 마스크를 챙겨 왔다.

집주인 할머니는 10년 전 1508호를 지훈네에게 전세로 준 후, 여생을 진정산에 있는 이 집에서 보냈다. 이 집은 진정아파트에서 20분 거리에 있는데 6.25로 소실된 진정교회를 재건한 건물이었다. 이후 교회가 이전하며 할머니가 건물을 사들였다.

이 집은 별칭도 있었다, 이른바 일곱 박공의 집. 너다니

엘 호손의 소설 『일곱 박공의 집』에서 따온 것이랬다. 신애는 이 이야기에 흥미가 생겨 인터넷으로 세일럼에 있다는 진짜 일곱 박공의 집을 찾아보았고, 꼭 닮았다는 사실을 알 수 있었다.

신애는 집주인 할머니와 가족처럼 지냈다. 할머니의 이름은 이임례로 신애와 성씨가 같았다. 알고 보니 진정읍은 조선시대까지 이씨 씨족마을이었다고 한다. 그래서 진정읍엔 유독 이씨가 많았으나, 1980년대 이후로는 외부인이 많이 유입되면서 옛날 일이 되었단다.

"어쩌면 신애 씨도 내 먼 친척일지 모르지."

할머니도 신애와 마찬가지로 외톨이였다. 할머니는 부모님이 돌아가신 후 평생 혼자 살았다. 이런 사정을 알게 되자 신애는 할머니와 급격히 가까워졌다. 후에 할머니는 결혼식 날, 신애의 부모를 대신해 함께 버진로드를 걷기까지 했다. 이런 할머니가 자신의 집을 비롯한 전 재산을 신애에게 물려준 건 어찌 보면 당연한 일이었다.

그런데 할머니의 유산을 정리하는 게 쉽지 않았다. 일단 할머니의 책이 문제였다. 할머니는 소설가 겸 번역가라 장

서가 많았다. 신애는 할머니의 장서가 아까웠다. 이대로 없앨 수 없었다. 그렇다고 신애가 보관할 수도 없었기에 진정 도서관에다 받아줄 수 있는지 문의해보았지만, 정중히 거절당했다.

집도 팔릴 기미가 보이지 않았다. 진정읍에서 집을 찾는 대다수는 서울 집값 상승으로 이사를 오는 부류다. 이 집은 그런 서울 출퇴근족의 입맛에 맞을 위치가 아니다. 할머니의 집은 경춘선 진정역에서도 차로 20분은 더 들어가야 나오는 진정산 중턱에 있었다.

집의 구조가 특이한 점을 이용해 요즘 유행인 카페나 펜션 등으로 활용하는 방법도 있겠다 싶었으나, 이 역시 불가능했다. 함부로 개조했다가는 무너질 염려가 있었다. 그렇다고 이대로 집을 활용했다가는 방문객이 미아가 될 것이었다. 집의 구조가 복잡해 2층이나 3층으로 가는 길을 쉽사리 찾을 수 없는 탓이다.

이후 신애와 소원은 한 달에 한 번씩 청소를 하기 위해 할머니의 집에 들렀다. 청소는 1층만 했다. 워낙 크다 보니 모든 공간을 청소하는 건 무리였다. 실제로 할머니도 2층은 사용하지 않고 1층에서 모든 생활을 했다.

"엄마는 할머니가 쓴 소설 읽어봤어?"

"엄마가 책 읽을 시간이 어딨니?"

신애는 변명을 했다. 사실 읽을 시간이 있어도 그러지 않았다.

"그럼 나라도 읽어볼까?"

소원은 그렇게 말하더니 대충 책을 한 권 꺼내 바로 읽기 시작했다. 신애는 그런 소원을 사랑스럽게 바라보았다.

신애는 소원을 처음 만났을 때부터 남 같지 않았다. 10년이 지난 지금은 정말 자신이 지훈과 함께 낳은 애가 아닐까 싶을 정도로 닮았다는 말을 많이 들었다.

물론 힘든 일도 있었다.

소원과 살기 시작했을 무렵, 소원은 밤 11시가 지나면 집에서 나갔다. 그리고 조금 뒤 집으로 돌아올 때면 어딘지 모르게 허탈한 표정을 지었다. 그때마다 신애는 소원이 친부모를 만나고 싶어 그러는 게 아닐까 하고 심란했다.

지훈   데리러 갈까?

청소를 다 끝냈을 즈음 지훈에게 메시지가 왔다.

신애   괜찮아. 차 갖고 왔어.

신애는 답을 보낸 후 할머니의 집을 나섰다. 소원의 손
에는 좀 전에 읽기 시작한 할머니의 소설이 들려 있었다.
신애가 차에 시동을 걸며 말했다.

"그렇게 재밌어?"

"그보다는…… 내가 소설을 쓴다면 이렇게 쓸 것 같은
기분?"

"우리 아들한테 소설가의 재능이 있나?"

"글쎄."

소원은 시큰둥하게 대꾸한 후 책에 빠져들었다.

12.

소원은 엄마와 아파트 단지 입구에서 헤어졌다. 엄마는 망치를 데리고 가게로 바로 갔다. 예약 손님이 올 시간이 랬다. 소원은 할머니의 소설에 시선을 고정한 채 엘리베이 터에 탔다. 소설에서 눈을 뗄 수 없었다. 소설 제목은 『인당수』. 조선시대 진정읍에선 자연재해가 닥칠 때마다 인당수라 불리는 저수지에 아이를 바치는 풍습이 있었다. 이 소설은 한 아홉 살 아이가 실수로 인당수에 빠지면서 시작된다. 아이는 조선시대로 돌아가 그곳에 닥친 재해를 막으려 애쓴다.

크로노토피아

소원은 책을 읽으며, 자신에게 이런 일이 일어난다면 어떨까 상상해보았다.

소원은 아홉 살 이전의 기억이 없다. 지훈과 신애는 그런 소원을 병원에 데리고 가기도 했지만 소용없었다. 의사는 말했다. 트라우마에서 벗어나기 위한 방어기제로 보인다. 끔찍한 기억을 잊으려고 하는 것이니 애써 기억해내지 않아도 된다.

소원은 의사의 말뜻을 이해할 수 있었다. 매일 샤워를 할 때마다 자신의 몸 구석구석에 있는 흉터를 대면했다. 그게 소원이 기억을 되살리지 못하는 가장 큰 원인일 것 같았다.

실제로 소원은 옛날 일이 궁금하지 않았다. 지금 소원은 충분히 행복했다. 하지만 이 소설의 내용을 보니 아홉 살 이전의 자신은 어떤 아이였을까 호기심이 생겼다.

"우리 잘생긴 소원이구나?"

소원은 갑작스런 목소리에 놀라 책을 손에서 놓쳤다.

"아이고, 아저씨 때문에 놀랐어?"

상대방이 미안해하며 바닥에 떨어진 책을 주워 주었다.

그는 60대 후반의 최 사장이었다. 최 사장은 소원이 신애와 함께 지구대에 찾아갔을 때 만났던 지구대 대장이다. 그는 진정부동산 사장의 남편으로, 정년퇴임 후 아내를 도와 부동산에서 일하고 있었다.

"진정읍이 이래요. 서로 다들 잘 알고 지내요. 그래서 살기 좋아요."

최 사장이 엘리베이터 문 사이에 손을 대며 말했다.

"아, 네. 그렇군요."

"서울에서는 보기 힘든 일인데요."

최 사장 일행이 엘리베이터에 탔다. 집을 보러 온 사람들 같았다. 그들은 소원네와 마찬가지로 3인 가족이었다. 그런데 중학생 아들의 얼굴이 낯익었다.

'현우 형!'

현우와 눈이 마주치는 순간, 소원의 기억이 단숨에 돌아왔다.

현우네가 전세 사기를 당했던 일, 그 때문에 괴로워했던 일, 그런 현우 덕에 소원이 엘리베이터를 타고 처음으로 이 세계로 갔던 일부터 본래 세계로 돌아가려고 시도했던 일까지 모두…….

소원은 자신이 엄마의 미래에 악영향을 끼칠까 두려웠다. 본래 세계로 돌아가는 게, 자신이 없는 세계에서 지훈과 신애가 행복해지는 게, 최선일 것 같았다. 그렇게 돌아가기로 마음먹고 인터넷에서 발견한 방법을 실행했다. 이 세계에 왔을 때와 반대 순서로 엘리베이터를 타고 이동했다. 하지만 아무 일도 일어나지 않았다. 몇 날 며칠에 걸쳐 반복해봤지만 마찬가지였다.

소원은 이해할 수 없었다. 이러다가 눈을 뜨면 갑자기 본래 세계로 돌아가게 되는 것은 아닐까 불안했다. 그러나 아무 일도 일어나지 않았다. 다음 날도, 그다음 날도 소원은 신애의 집에서 깨어났다.

시간이 지나 지훈이 진짜 소원의 아빠가 됐다. 지훈은 결혼식 날 신애뿐만 아니라 소원의 반지도 함께 주었다. 지훈은 그걸 '결혼반지'가 아닌 '가족반지'라고 말했다. 소원은 그 반지를 늘 끼고 다녔다.

소원은 이걸로 됐다고 여겼다. 신이 소원에게 새로운 기회를 준 것이라고 생각하면 마음이 편했다. 언젠가부터는 예전 일을 꿈이라 여겼다. 나쁜 꿈을 꾼 거다. 자신을 학대하던 엄마도, 엘리베이터를 타면 이상한 일이 생겼던 것도 모두 꿈인 거다.

그제야 소원은 재민의 마음을 이해할 수 있었다. 이 세계의 현실이 더 소중하니까, 그를 지키기 위해 저도 모르게 과거를 부인한 것이었으리라. 하지만 눈앞에 현우가 나타나는 순간, 소원은 정신이 들었다.

"여기는 급매로 물건이 빠졌어요. 다른 데보다 가격이 좋아요. 건물이 오래된 게 흠이긴 하지만 입주민들이 다들 사이도 좋고요."

소원이 10년 전 들은 것과 꼭 같은 상황이었다. 현우네는 이 집으로 이사를 왔다가 전세 사기를 당한다.

"아, 안 되는데……."

소원은 저도 모르게 작게 말했다. 그 말을 들은 현우가 소원을 올려다보았다. 예전엔 소원이 훨씬 작아 현우를 올려다봐야 했지만 이젠 달랐다. 현재 소원은 고 3에 키가 180센티미터가 넘었다. 오히려 현우보다 커진 것이다.

"와!"

현우가 놀란 표정을 지었다. 소원은 현우가 자신을 알아봤나 싶어 기대했으나, 현우는 그 이상 말하지 않았다.

소원이 어색하게 현우를 내려다보는 사이 엘리베이터가 10층에서 멈췄다. 현우 가족은 고개를 끄덕여 소원에게 인사한 후 엘리베이터에서 내렸다.

이대로 가면 현우 가족은 1007호를 계약한다.

"자, 잠깐! 잠깐만요!"

소원은 최 사장을 불러 세웠다.

"왜 그러니?"

"아니, 저, 그게…….'

소원은 어쩔 줄 몰라 하며 최 사장과 현우 가족을 번갈아 보았다. 마음 같아서는 1007호에 세를 얻어서는 안 된다고 말하고 싶었다. 하지만 현우 가족은 소원을 오늘 처음 만났다. 그런 소원이 갑자기 이런 말을 하면 이상하게 생각할 것 같았다.

'어떻게 수를 내야 하는데, 아!'

소원은 갑자기 좋은 생각이 떠올랐다.

"저, 저기! 저희 집도 보러 오세요! 곧 세 놓을 거예요!"

"그런 이야기는 못 들었는데?"

최 사장이 말했다.

"아 그게, 저희 할머니 집 있잖아요. 그게 안 나가서 대신 아파트를 세놓을까 이야기했거든요! 못 믿겠으면 엄마나 아빠한테 전화해보세요!"

"못 믿겠다는 게 아니라 지금 당장 결정하기가……."

최 사장이 현우 아빠 눈치를 보며 말했다.

"저희 집이 1007호보다 훨씬 좋아요! 15층이라서 층간 소음 걱정도 없고요!"

"그렇게 하죠."

현우 아빠가 어색하게 웃으며 말했다.

"이렇게까지 말하는데 한번 가보죠, 뭐. 겸사겸사."

13.

"볕이 잘 드네요."

현우 엄마가 1508호 베란다를 살피며 말했다.

"1007호는 길 건너 건물 때문에 베란다에 그늘이 지는
게 좀 마음에 걸렸는데 이 집은 꼭대기층이라 시야에 걸리
는 게 없네요. 빨래가 잘 마르겠어요."

"인테리어 공사도 한 것 같은데?"

"저 고등학교 들어갈 때 전체적으로 수리했어요."

소원이 잽싸게 대꾸했다.

"형 방 최고!"

현우는 그사이 소원의 방에 들어갔다 나왔다.

"나 이 방에서 공부하면 전교 1등 진심!"

"가능할지도 모르지. 우리 잘생긴 소원이는 정말로 전교 1등이거든."

"아, 아니에요."

소원이 당황해서 말했다.

"매번 1등 하는 건 아니에요. 5등 할 때도 있어요."

"사기캐……."

현우가 소원을 올려다보았다.

"잘생겼는데 공부도 잘해."

"그래서 정 형사가 이 집은 얼마에 내놓을 거라고 하는데?"

최 사장이 소원에게 물었다.

"제가 시세 같은 건 잘 모르지만요, 아마 비슷하게 내놓으실 거예요. 네고도 잘 해주실 거고요."

소원은 안심했다. 일이 잘 풀리고 있었다. 이걸로 시간을 버는 사이 어떻게든 전세 사기를 해결하면 되리라. 하지만 다음 순간 현우 아빠가 한 말에 소원은 당황했다.

"바로 계약하고 싶네요."

"탁월한 선택이십니다. 그럼 제가 연락하겠습니다. 정형사 전화번호가 어딨더라……."

"아, 아빠 잠복 중이라서 통화 어려우세요!"

"그럼 신애 씨한테 전화해야겠네. 지금 숍에 계시지?"

"어, 엄마는! 지금 예약한 미용 중이라 전화 못 받으세요. 일단 저랑 이야기하세요!"

"너랑? 아무리 소원이 네가 똑똑해도 그건 아니지."

"저랑 이야기하시면 된다니까요! 저랑!"

소원은 마음이 급해졌다. 부모님한테 전화를 걸면 모든 게 엉망진창이 된다. 어떻게든 이 상황을 무마해야 했다.

"나 왔다!"

그런데 현관문이 벌컥 열리면서 지훈의 목소리가 났다.

"엄마도 왔어!"

연이어 망치가 짖는 소리와 함께 신애의 목소리도 났다.

"왜, 왜 둘이 같이 들어와?"

소원이 저도 모르게 당황해 소리쳤다.

"그렇게 반가워? 왜 보자마자 소리를 지르고 그래?"

신애가 어리둥절해하며 말했다.

"예약 취소됐어. 애기가 컨디션이 너무 안 좋대. 네 아빠는 이 앞에서 딱 마주쳤고. 그런데 웬 손님이야?"

"아니, 그게. 그러니까⋯⋯."

소원이 지훈과 신애 사이에서 쩔쩔매는데 최 사장이 끼어들었다.

"아이고, 마침 오셨네. 정 형사, 잘 지냈고?"

"충성!"

지훈이 가볍게 경례를 붙였다. 최 사장 역시 경례로 맞받자 지훈이 물었다.

"무슨 일로 오셨습니까?"

"집 내놨다며?"

"집이요? 내놓긴 했죠. 아, 그럼 이분들이?"

"마음에 쏙 드신대."

"마음에 쏙 든다고요?"

"관리를 아주 잘하셨네요."

현우 아빠가 지훈에게 악수를 청했다.

"아, 아닙니다."

지훈은 서둘러 그 손을 맞잡았다.

"말이 잘 통하시네들. 그럼 일단 오늘 가계약부터 하시고 내일 정식으로 계약서 쓸까요?"

"나머지는 나가서 이야기하죠."

지훈의 제안에 현우 아빠와 최 사장은 함께 1508호를 나섰다.

14.

신애는 복도로 나간 최 사장과 지훈, 현우 아빠를 기다
리며 현우 엄마와 현우에게 과일과 음료를 대접했다. 현우
엄마 역시 신애와 마음이 잘 맞았다. 서로 대화가 끊이지
않았다.

현우도 마찬가지였다. 현우는 소원이 무척 마음에 들었
는지 질문을 퍼부었다.

"형은 언제부터 얼굴 천재였음?"

"전교 1등 하면 어떤 기분임?"

현우는 소원을 기억하지 못했다. 아까 놀라워한 건 소원

의 외모에 대한 감탄이었다. 그래도 소원은 10년 만에 재회한 현우가 반가웠다.

"난 진정읍에서 흔한 얼굴이야. 이 동네에 나같이 생긴 애 많아."

"그, 그냥 운이 좋았지, 뭐."

소원은 현우의 질문에 열심히 대꾸하면서도 계속 현관문 쪽을 흘깃거렸다.

소원은 거짓말로 1508호를 내놓았다. 그런데 지훈은 잘됐다며 기뻐했다. 크게 착각한 것이 분명했다. 그 착각은 지금의 긴 대화를 통해 들통나리라. 그러면 잔뜩 혼이 나겠지. 소원은 어떻게 상황을 설명해야 할지 전전긍긍했다.

"할머니 집 문제가 해결되다니! 누가 우리 아들 아니랄까 봐!"

지훈이 돌아오고 나서야 소원은 아까의 상황을 파악할 수 있었다. 지훈은 현우네가 할머니 집을 보러 왔다고 생각하고 있었다. 오해 덕분에 지금은 어떻게 됐다. 문제는 내일이었다. 정식으로 계약서를 쓰면 백퍼센트 들통이 난다. 하지만 좋은 수가 떠오르지 않았다. 엘리베이터를 타고 과거로 돌아가 이 상황을 무마시키고 싶을 정도였다.

이날 밤, 실제로 소원은 오랜만에 엘리베이터를 탔다. 하지만 그간 안 되던 게 갑자기 될 리가 없었다. 그렇게 밤에 나갔다 오다가 신애에게 들켰다. 야식을 먹은 데다 생각을 너무 많이 했더니 잠을 설쳤다.

다음 날, 소원은 다크서클이 잔뜩 내려온 얼굴로 학교에 갔다.

오전 8시 50분. 수업 예비종이 쳤다. 지훈은 약속 시간을 어기는 법이 없으니 이미 부동산에 도착했으리라. 현우 아빠는 어떨까? 본래 세계에서 매일같이 집주인을 잡으러 다니던 모습을 떠올리자면 현우 아빠 역시 착실한 타입으로 보였다.

오전 9시. 수업 시작과 동시에 선생님이 교실에 들어섰다. 소원은 마지못해 핸드폰을 서랍에 집어넣었다. 그러면서 머릿속으로는 부동산에서 지훈과 현우 아빠가 만나는 모습을 상상했다. 계약서를 보고 당황한 지훈을, 연이어 잔뜩 화가 나 전화하는 지훈을 생각하자니 절로 식은땀이 났다.

크로노토피아

소원은 1교시 내내 전전긍긍했다. 수시로 책상 서랍에 넣어둔 핸드폰의 화면을 확인했다. 하지만 1교시가 끝나도 핸드폰은 조용했다.

점심시간이 되도록 아무 일도 일어나지 않았다.

소원은 뭐가 어떻게 된 건지 궁금해 미칠 지경이었다. 가족 단톡방에 메시지를 띄웠다 지우기를 반복했다. 먼저 물어보기가 겁났다. 그렇게 전전긍긍하다 결국 아프다는 핑계를 대고 5교시 직전 조퇴했다. 정말 배가 좀 아프고 열도 났다.

소원은 달리듯 학교를 나서 진정부동산으로 향했다.

"조, 조퇴. 집, 계약⋯⋯."

소원은 숨을 헐떡이며 말했다.

"저희 집, 계약, 계약 어떻게, 어떻게 됐어요?"

"계약? 잘 됐지."

"네?"

"잘 됐어."

"진짜요? 1508호로 이사 오기로 했다고요?"

"아빠가 도장을 찍었다고요?"

"아무 문제도 없었고요?"

소원은 최 사장에게 몇 번이고 같은 질문을 되풀이했다. 최 사장은 화도 안 내고 일일이 대답해주었다.

"우리 소원이가 걱정이 많았구나."

"아무것도 걱정하지 않아도 된다. 넌 공부만 열심히 해."

"아빠는 먼저 집으로 갔다. 가서 직접 물어보렴."

최 사장의 말이 옳았다. 이 순간, 소원이 해야 할 일은 최 사장에게 같은 질문을 반복하는 게 아니었다.

'아빠에게 물어봐야겠지.'

그게 그렇게 쉽다면 부동산으로 달려오지 않았겠지만.

15.

지금껏 소원은 지훈과 솔직하게 마음을 터놓고 이야기한 적이 없었다. 소원은 지훈을 어떻게 대해야 할지 몰랐다.

처음 아빠가 생겼다.

본래 세계에서는 엄마랑 단둘이 살았다. 재민과 살 때역시 모자가정이었다. 그러다 보니 소원은 늘 전전긍긍했다. 지훈이 좋았다. 그만큼 그가 자신을 싫어할까 봐 겁이났다. 무슨 문제가 생기든 숨겼다. 어떻게든 스스로 해결하려 아등바등했다. 그래야 지훈이 계속 자신을 사랑할 것 같았다.

초등학교에 입학했을 때도 그랬다. 아이들은 소원이 버림받은 아이라고 쑤군거렸다. 소원은 그들이 그럴 수밖에 없다고 생각했다. 오히려 자신 때문에 부모님이 힘들어할까 봐 남들보다 훨씬 열심히 공부했다. 뭣보다 소원은 재민과 살던 세계에서 중학생이었다. 그런 소원에게 아이들의 행동은 유치해 보였다. 친구로 대해주지 않는다고 불만스럽지도 않았다.

중학생으로 살다 왔으니 공부는 쉬울 수밖에 없었다. 공부를 잘하는 데다 겉모습도 의젓해지자 아이들의 태도가 달라졌다. 따돌림이 멈췄다. 이성에게 초콜릿이며 고백편지를 받는 일도 생겼다.

하지만 소원은 조심했다. 만에 하나 자신의 행동이 지훈과 신애에게 폐가 될까 봐, 정확히 말하자면 그로 인해 지훈과 신애가 자신을 싫어하게 될까 봐 두려웠다.

이제 그런 생각은 졸업한 줄 알았다. 가족반지가 작아져 서랍에 보관하게 된 이후 모든 게 나아졌고, 예전 기억은 떠올리지 않을 정도가 되었으니 다 괜찮은 줄 알았다.

아니었다. 소원은 여전히 두려웠다. 자신이 한 거짓말

때문에 지훈이 화가 났을까 봐, 역시 너는 진짜 내 아들이 아니라며 소원을 버릴까 봐 두려웠다.

'일단 아르바이트를 구하자.'

안 좋은 생각을 거듭한 끝에 소원은 버림받았을 때를 대비해 구체적인 계획을 세우기에 이르렀다.

'첫 월급을 탈 때까지만 같이 살게 해달라고 부탁하자. 안 되면 예전처럼 숨어 지내면 어떻게든 될 거야.'

'아, 그래. 친구한테 부탁해보자. 애들 집에서 하루씩 번갈아가며 지내면 아르바이트 구할 때까지 어떻게든 되지 않을까?'

소원은 전전긍긍하며 집으로 향했다.

"정소원!"

현관까지 지훈이 나와 있었다. 지훈의 얼굴이 잔뜩 굳어 있었다. 소원은 그 얼굴을 보고 더욱 겁을 먹었다.

'역시 내 거짓말을 알아버렸어. 날 버리려는 거야.'

지훈이 소원을 향해 손을 뻗었다. 지훈과 소원은 이제 키가 비슷했다. 눈높이가 같았다. 하지만 소원은 지훈이 자신보다 훨씬 커 보였다. 맞을지도 모른다는 두려움 탓이었다. 소원은 눈을 질끈 감았다. 그런데 지훈의 손이 소원의 이마로 향했다. 이마에 손을 가만히 대고 있다가 말했다.

"열은 없는데?"

"어, 어?"

소원이 슬며시 눈을 떴다. 당황해 지훈을 마주 보았다.

'언제 아빠가 이렇게 늙었지?'

오늘따라 지훈의 미간이며 눈가, 입가에 잡힌 주름이 잘 보였다.

"조퇴했다며?"

지훈이 무척 진지하게 말했다.

"열이 40도가 넘어도 학교에 간다던 애가 조퇴를 했다니 얼마나 놀랐는지 아니? 엄마가 미용 예약 취소하고 온다는 거 아빠가 가본다고 겨우 말렸어."

소원은 얼결에 지훈을 따라 방으로 들어갔다. 침대 옆에는 물수건이며 해열제, 체온계가 준비되어 있었다. 학교에서 연락을 받고 지훈이 준비해놓은 모양이었다.

"일단 눕자."

소원은 지훈의 말을 얌전히 따랐다. 침대에 눕자 지훈이 소원의 귀에 체온계를 갖다 대고 열을 쟀다.

"열은 없네. 뭐 먹고 싶은 건 없어?"

"어, 없어."

"알았어. 일단 자라. 아빠가 죽 해 올게."

"아, 아빠."

"응?"

지금이 기회였다. 왜 거짓말을 모른 체해줬냐고, 뭐가 어떻게 된 거냐고 물어야 했다.

"왜?"

"아니, 아무것도 아니야."

하지만 지훈의 다정한 표정을 보니 도저히 말이 나오지 않았다. 이 말을 했다가 지훈이 자신을 미워할까 싶어 두려웠다.

"녀석, 싱겁기는……."

지훈은 그렇게 말한 후 방을 나섰다.

소원은 이불을 머리끝까지 뒤집어쓰고 중얼거렸다.

"난 바보야……."

16.

"소원아, 죽 좀 먹을까?"

소원은 지훈이 자신을 부르는 소리에 잠에서 깼다. 이불을 뒤집어썼다가 그대로 잠이 들었다. 자고 일어나니 정말 몸에 열이 있었다. 어젯밤을 걱정으로 지샌 탓인 듯했다.

'솔직하게 말해야 하는데……. 어떻게 하면 좋지?'

소원은 다시 죄책감과 두려움이 밀려왔다. 하지만 아무리 해도 입이 떨어지지 않았다.

"예전에도 이런 적이 있었지. 네가 학교에서 따돌림을 당했는데, 말 못 하고 참다가 열이 심하게 났었어."

지훈이 말했다.

"아빠는 몰랐어. 우리 소원이가 할머니 집 문제로 이렇게 심란한지. 오죽했으면 할머니 집 대신 우리 집을 내놓았다고 거짓말을 다 했을까. 이제 아무 걱정 안 해도 돼. 소원이가 말한 대로 1508호 전세 놓고 우리가 할머니 집으로 이사 가기로 했으니까 걱정하지 마. 다 괜찮아. 소원이는 아빠, 엄마만 믿으면 돼."

소원은 예상치 못한 상황에 당황했다. 마음속으로는 묻고 싶은 게 많았다.

'화 안 났어?'

'나 거짓말했는데 혼 안 내?'

'나 안 버리는 거야?'

그러다가 결국 하고 싶은 말을 하지 못했다. 이 순간에도 소원은 이런 말을 했다가 지훈이 자신을 미워할까 봐 두려워하고 있었다. 결국 소원은 울어버렸다. 눈물을 뚝뚝 흘리며 입술을 꽉 깨물고 끅끅 소리를 내며 울 뿐이었다.

"그렇게 아팠어? 세상에, 큰일이네. 병원에 가야 하나?"

지훈은 그런 소원을 끌어안고 쩔쩔맸다.

붕괴

1. 무너지고 깨어짐.
2. 『물리』불안정한 소립자가 스스로 분열하여 다른 종류의 소립자로
   바뀌는 일. 또는 불안정한 원자핵이 방사선을 방출하거나 스스로
   핵분열을 일으켜 다른 종류의 원자핵으로 바뀌는 일.
   출처: 표준국어대사전

2부

17.

"또 이러네."

김 형사가 엘리베이터에 타자마자 말했다. 김 형사의 말에 지훈을 비롯한 제복 경관 네 명의 시선이 엘리베이터 번호판으로 향했다.

번호판 숫자가 여러 개 눌려 있었다.

"이세계 엘리베이터인가 그거 때문에 이러는 거라면서요? 정해진 순서대로 엘리베이터를 타고 이동하면 다른 세계로 간다는 괴담인데 요즘 인기래요."

김 형사는 버튼을 다시 눌러 선택한 걸 취소하려 했다.

하지만 엘리베이터가 그보다 빠르게 움직여 2층에서 멈췄다. 나머지 4, 6, 10층 버튼만 취소할 수 있었다. 김 형사는 닫힘 버튼을 누르며 투덜거렸지만 지훈은 달랐다.

지훈은 처음 소원을 만났을 때를 떠올리고 있었다.

10년 전 소원을 처음 만났을 당시, 소원에겐 이상한 습관이 있었다. 소원은 밤 11시가 넘으면 집을 나섰다. 혼자 엘리베이터를 타고 배회하다가 집으로 돌아왔다.

신애는 소원이 버려졌던 당시의 행동을 반복한다고 여겼다. 같은 시각 엘리베이터를 타면 친부모와 재회할 수 있을지도 모른다고 생각해 엘리베이터를 타는 게 아닐까 하고 생각했다.

소원의 행동은 1년 가까이 계속됐다. 신애는 그런 소원의 행동을 많이 불안해했다. 엘리베이터에서 부모를 만나지 못할 때마다 소원이 상처를 받는 것처럼 보인 탓이다.

지훈은 이런 신애를 다독이며 애정을 쌓았다. 꾸준히 소원에게 애정을 쏟는다면 좋아질 거라고 굳게 믿었다. 실제로 기이하다 싶을 정도로 엘리베이터에 집착하던 소원의 행동은 점차 줄어들어 1년이 지났을 즈음에는 11시가 넘어

집을 나서는 일이 없었다.

그즈음 지훈은 신애와 결혼식을 올렸다. 지훈은 소원을 자신의 호적에 올렸다. 소원은 자신의 나이는 알았지만 생일은 알지 못했다. 지훈과 신애는 소원을 처음 만난 날을 생일로 정했다. 그날은 지훈과 신애의 결혼기념일이기도 했다.

'아니, 그건 가족기념일이야.'

지훈은 왼손 넷째 손가락에 낀 반지를 만지작거렸다. 지훈은 결혼식 날 자신과 신애뿐만 아니라 소원의 반지 역시 맞췄다. 그렇게 서로에게 반지를 끼워주던 날을 떠올리면 절로 웃음이 났다.

이후로 좋은 일만 계속됐다. 지훈은 승진을 거듭해 강력팀 형사가 되었다. 오늘만 하더라도 부동산 전세 사기 사건의 수배범을 잡기 위해 출동했다.

진정아파트 1007호 주인과 관련해서 신고가 들어왔다.

작년부터 전국에서 빌라왕, 전세 사기 사건이 속출했다. 올해 상반기만 하더라도 3천 명에 가까운 전세 사기범을 검거했다. 그중 지훈이 직접 전세 사기범을 검거한 건은 없었다. 그런데 최근 지훈이 사는 아파트에서 전세 사기로 의심되는 사건이 발생했다.

현재 1007호는 공실이다. 하지만 그 집은 내일 1508호로 이사 오기로 한 현우네가 염두에 두고 있었기에 남의 일 같지 않았다. 생각해보면 이것도 소원의 덕이다.

'역시 우리 소원이는 복덩이야.'

지훈은 저도 모르게 히죽거렸다.

"이번엔 뭐예요? 소원이가 또 전교 1등이라도 했어요?"

김 형사가 지훈을 노려보며 말했다.

"내가 이야기했던가? 우리 소원이가 전세 사기를 막았다고. 1007호에 이사 오기로 했던 사람이 우리 집으로 이사 오게 됐거든. 내일이 그날이라 지금 열심히 집 정리 중일 텐데……."

"제발 1절만 하라고!"

"그럴 거면 왜 물어? 애초에 왜 물어본 건데?"

엘리베이터가 11층에서 멈췄다. 김 형사는 고개를 절레절레 저으며 먼저 엘리베이터에서 내렸다. 뒤따르는 제복 경관들이 웃음을 참는 듯한 표정을 지었다.

"등잔 밑이 어둡다는 말이 딱이네요."

김 형사는 지훈의 말을 무시하고 자기 할 말만 했다.

"설마 경찰서 앞에 숨어 있었을 줄이야."

수사 결과, 진정아파트 1007호를 비롯해 40세대가 넘는 오래된 아파트며 빌라를 이용해 전세 사기를 친 통칭 '빌라왕'은 남양주경찰서 맞은편 신축 아파트에 숨어 있었다.

지훈과 김 형사가 문제의 현관 앞에 섰다. 지훈이 문을 두드렸다. 동시에 김 형사는 벨을 눌렀다. 안에서 "누구세요?" 하고 물어보는 여성의 목소리에 대답하지 않고 둘은 계속 문을 두드리고 벨을 눌렀다.

"무슨 짓이냐고?"

약간 화가 난 남성의 목소리와 함께 문이 열렸다. 안전고리가 걸린 채였다. 제복 경관 중 한 명이 문틈으로 재빠르게 경찰봉을 집어넣었다.

"경찰입니다. 체포 영장이고요."

동시에 지훈이 체포 영장을 보였다.

"이런, 씨발!"

"엄마야!"

지훈이 영장을 보이자마자 빌라왕을 뒤따라 나온 중년 여성이 안방으로 도망쳤다.

"11층이잖아요. 어디로 가시려고요?"

지훈이 소리쳤지만 소용없었다. 빌라왕은 그대로 안방에 숨어버렸다.

"안 나오시면 강제 진입합니다!"

대답은 없었다. 지훈이 한숨을 쉬며 말했다.

"집행해."

"네!"

제복 경관들이 절단기로 안전고리를 단번에 자른 후 집 안에 들어섰다. 신발 바람으로 성큼성큼 걸어 안방으로 향했다.

안방 문은 잠겨 있었지만 지훈은 당황하지 않았다. 한숨을 쉬며 말했다.

"누구 주방에서 젓가락 좀 찾아와."

"네!"

"안 가도 돼. 안 가도 돼."

제복 경관이 바로 움직이려는데 김 형사가 말했다. 그는 바지 주머니에서 너무 많이 써서 길이가 줄어든 철 젓가락을 꺼냈다.

"난 정말 너 없이 못 산다."

혼잣말을 중얼거리며 손잡이 옆 작은 구멍에 젓가락을 꽂자 툭 소리가 났다.

"퇴직하면 그냥 열쇠집 차릴까 봐."

"요즘 누가 열쇠집을 가. 다 도어록인데."

지훈은 시큰둥하게 대꾸하며 문을 열었다. 동시에 제복 경관들이 뛰어들었다. 빌라왕은 비상 탈출용 완강기를 들고 끙끙거리고 있다가 두 손을 번쩍 들었다.

지훈이 빌라왕에게 다가가 다시 한번 영장을 펼쳤다.

"체포 영장입니다. 동행 부탁드립니다."

빌라왕은 다 포기한 표정으로 완강기를 내려놓았다. 김 형사가 그런 빌라왕에게 수갑을 채우며 한마디 덧붙였다.

"그거 쓸 줄은 알아요?"

"유튜브 검색 중이었는데 광고 나오는 사이에 들어오셔서……."

18.

지훈은 수사를 마무리하느라 제때 집에 못 들어갈 줄 알았다. 그런데 이렇게 업무가 빨리 끝나다니, 운이 좋았다.

정확히 말하자면 김 형사가 등을 떠밀었다.

"제발 그만 좀 하라고! 차라리 집에 가라, 좀!"

지훈은 삼겹살이 든 검은 봉지를 들고 집으로 향했다. 검거에 성공했다. 내일은 이사다. 오늘 신애와 소원은 짐 싸기에 여념이 없다. 공사다망한 날이니 삼겹살로 영양을 보충하기에 제격이다.

지훈은 엘리베이터에 타자마자 또 소원이 생각났다. 김

크로노토피아

형사와 나눈 이야기가 떠오른 탓이다.

신애는 소원이 친부모를 그리워해서 매일 밤 엘리베이터를 타는 거라고 했지만, 지훈은 동의할 수 없었다. 소원은 출생신고조차 되지 않은 이른바 그림자 아이였다. 제대로 먹지도 못해 아홉 살인데도 다섯 살 정도로 보였다. 그런 소원이 자신을 학대한 친부모를 그리워해 매일 밤 엘리베이터를 탈 리 없었다. 차라리 그보다는 요즘 유행하는 엘리베이터 괴담 때문에 탔다는 편이 말이 될 것 같았다.

마침 밤 11시가 지나고 있었다. 지훈은 호기심이 생겨 핸드폰으로 '이세계 엘리베이터'를 검색했다.

이세계로 가는 법

1. 아무도 없는 엘리베이터에 탄다.

2. 4층-2층-6층-2층-10층 순서대로 이동한다. 이동하는 사이 아무도 타면 안 된다.

3. 5층으로 간다. 젊은 여성이 엘리베이터에 탄다. 1층을 누른다. 어떤 대화도 하면 안 된다.

4. 엘리베이터는 1층으로 가지 않고 10층으로 올라간다. (젊은

여성은 사람이 아니다.) 9층을 지나면 거의 성공한 것이다.

5. 이세계에 도착했다. 이곳에서 어떤 일이 생길지는 아무도 알 수 없다…….

일단 혼자 엘리베이터에 탔으니 성공했다. 다음 순서는 각기 다른 층으로 이동하는 것이다.

'이걸 애들은 왜 하는지 몰라.'

지훈은 히죽거리며 버튼을 눌렀다. 하지만 4층, 2층, 6층에 이어 다시 2층으로 갈 때까지 아무도 만나지 않았고, 그렇게 10층까지 가자 웃음기가 사라졌다.

'이게 뭐라고 긴장이 되네.'

지훈은 잠시 망설였다. 장난은 그만하고 집으로 가는 게 옳을 것 같았다. 한편으로는 이왕 이렇게 된 거 끝까지 가 보고 싶었다.

결국 지훈은 에라 모르겠다는 생각으로 5층을 눌렀다.

—땡.

경쾌한 소리와 함께 엘리베이터가 5층에서 멈췄다. 천천히 문이 열렸다. 지훈은 잔뜩 긴장해 문을 바라보았다.

크로노토피아

'정말 여자가 타는 건 아니겠지?'

그런데 정말, 5층 홀에 누군가 서 있었다.

19.

기억이 돌아온 후 소원은 2023년 7월 17일에 있을 지진과 붕괴에 대비해왔다. 일단 아파트 주민들을 대피시키는 게 가장 중요했다. 그러기 위해 해야 할 일은 이 아파트의 몇 호에 사람이 살고 있는지 파악하는 것이었다.

소원은 우편함의 우편물을 확인한 후, 15층부터 거꾸로 내려가며 일일이 확인했다. 그 결과 803호에 살 때와 같은 기이한 현상을 마주할 수 있었다. 우편함만 보면 진정아파트엔 꽤 많은 사람이 살고 있었다. 하지만 실제로 소원이 사람을 만날 수 있었던 집은 201호와 1508호뿐이었다. 201

호는 최 사장의 집이었다.

처음에 소원은 사람들이 출퇴근을 하다 보니 낮에는 집
이 비어 있는 것이라고 생각했다. 뭣보다 우편함의 우편
물은 시간이 지나면 사라졌다. 하지만 아무리 노력해도 다
른 사람은 만날 수 없었다. 우편함 앞에서 지키고 있어도
봤지만, 잠깐 눈 뗀 새 우편물이 사라지는 식의 일만 반복
됐다.

소원은 이 현상을 이해할 수 없었다. 10년 전, 처음 신애
와 만났을 땐 이러지 않았다. 꽤 많은 아파트의 문이 열렸
다. 하지만 지금은 왜 다른 사람들과 만날 수 없을까?

의문은 확실했으나 답은 쉽사리 얻을 수 없었다. 그보다
소원이 할 수 있는 일을 해야 했다. 문제의 7월 17일 밤, 소
원은 201호 최 사장 내외와 1508호 자신의 가족을 대피시
키기로 마음먹었다.

사람들을 집 밖으로 나가게 할 방법은 간단했다. 이사로
헤어지는 게 아쉬우니 다 같이 외식을 하자고 조르면 될 일
이었다. 그러면 지진과 붕괴를 피할 수 있으리라.

7월 17일이 됐다. 소원은 밤 9시에 외식을 하자며 어른

들을 졸랐다.

"웬일이래? 소원이가 떼를 다 쓰네."

"어지간히 이사 가는 게 섭섭했나 보다."

"고기 먹지, 뭐."

최 사장 내외와 신애는 소원의 제안에 응했다. 소원은 집을 나서기 전 엄마 몰래 귀중품을 가방에 챙겼다. 물론 망치도 잊지 않았다. 소원 일행은 애완견 출입이 가능한 야외 식당으로 향했다.

이대로 모두를 구했다고 생각하니 안심할 수 있었다. 그러면서도 자꾸 핸드폰 화면을 봤다. 붕괴 예정 시간이 가까워질수록 건물이 어떤 식으로 무너질지 걱정이 됐다.

지난번 붕괴 때, 소원은 엘리베이터 안에 있어 건물이 무너지는 걸 보지 못했다. 하지만 건물이 무너지는 것에서 문제가 끝나지 않을 것 같았다. 건물이 붕괴되면 주변 건물도 도미노처럼 무너지지 않을까? 하지만 소원이 할 수 있는 일은 더는 없었다. 자신들이라도 무사히 대피하는 것이 옳았다.

밤 10시 30분, 고깃집에서 1차를 끝내고 근처 치킨집으로 이동했다. 그사이 소원의 불편한 마음은 커져만 갔다. 처음엔 자신이 더 노력하지 않는 데서 오는 죄책감인 줄 알았으나, 시간이 지날수록 이건 그런 추상적인 감정이 아닌 뭔가를 잊은 찜찜함이란 확신이 들었다.

귀중품은 모두 가방 안에 있다. 노트북이며 통장, 얼마 안 되는 현금까지 다 챙겨 나왔다. 전기며 가스밸브도 잘 잠갔다. 만에 하나 불안할 때에 대비해 소원은 잠가놓은 걸 사진으로 찍어놓기까지 했다. 완벽했다. 잊은 건 없었다. 그런데도 왜 이런 기분이 드는 걸까?

"소원이도 건배해야지?"

최 사장이 소원에게 말했다.

"콜라? 사이다?"

음료가 나왔다. 소원을 제외한 어른들은 모두 유리잔에 맥주를 채운 상태였다.

"아, 전 콜라요."

최 사장이 바로 콜라를 시켜 소원의 잔에 따라주려는 걸 신애가 막았다.

"소원이 첫 잔은 제가 따라줄래요!"

"그러시지요."

최 사장은 웃으며 신애에게 콜라를 넘겼다. 신애가 양손으로 콜라병을 들고 소원의 빈 잔에 천천히 콜라를 따랐다.

"우리 앞으로도 행복하게 잘 살자. 사랑해, 아들."

"나도 엄마 사랑해."

소원은 부드럽게 대꾸하며 콜라가 가득 차는 유리잔을 바라보았다. 그런 소원의 눈에 자연스레 들어온 것은 엄마가 낀 결혼반지였다.

'가족반지를 놓고 왔잖아!'

중학생 때 반지를 뺀 후 서랍 어딘가에 대충 뒀기에 깜빡했다.

소원은 시간을 확인했다. 지금 시각은 밤 10시 55분. 집으로 돌아가 반지를 갖고 오기에 충분했다.

모두의 잔이 가득 찼다. 소원의 초조한 마음을 알지 못한 채, 어른들이 건배를 제안했다.

"우리 모두 행복하자!"

최 사장의 선창을 모두 맞받아쳤다.

"행복하자!"

"행복하자!"

소원은 누구보다 크게 소리를 지른 후 콜라를 단번에 마시고 벌떡 일어났다.

"나 화장실!"

그러고는 바로 달리기 시작했다. 치킨집에서 진정아파트까지는 걸어서 15분은 걸린다. 만에 하나 건물이 무너지며 주변을 덮칠까 봐 충분히 거리가 있는 곳으로 이동한 게 화근이었다. 횡단보도에서 신호에 걸렸다. 무시하고 싶었지만 차가 많아 그럴 수 없었다. 초조하게 신호가 바뀌길 기다렸다. 그런데 옆에서 헥헥거리는 소리가 났다. 망치가 꼬리를 빠르게 흔들며 소원을 올려다보고 있었다.

"너 왜 여깄어?"

망치는 소원이 아는 체를 하자 신이 나서 껑충껑충 뛰기까지 했다.

"엄마한테 가! 어서!"

하지만 망치는 말을 듣지 않았다. 신호가 바뀌어 소원이 횡단보도를 건너자 또 따라왔다. 어쩔 수 없이 소원은 망치의 목줄을 잡고 같이 달렸다. 얼마 후 진정아파트에 도착했다. 소원은 15층으로 향했다. 책상 서랍을 뒤져 가족반지를 찾아냈다. 주머니에 넣은 후 망치와 함께 집을 나섰다. 아직 11시 20분, 시간은 충분했다. 소원은 안심하고 15층 홀로 향했다. 문제는 망치였다. 망치는 15층 홀에서 엘리베이터가 올라오는 걸 기다리지 못하고 그대로 몸을 돌려 계단으로 달려 내려가기 시작했다.

"야, 좀! 제발!"

소원은 허둥지둥 망치를 따라 계단을 뛰어 내려갔다. 망치는 더 신이 나서 달릴 뿐이었다. 어찌나 빠른지 나중에는 시야에서 사라질 지경이라, 소원은 단번에 계단을 두세 개씩 뛰어야 했다.

"대체 비글은 왜 이렇게 체력이 좋은 거냐고!"

그렇게 몇 번이고 망치를 잡을 뻔하다 놓치기를 반복한 후 가까스로 그를 잡은 건 5층에 이르러서였다. 소원은 망치의 머리를 아프지 않게 한 대 툭 때린 후 꽉 끌어안았다. 이 틈에도 망치는 신이 나서 소원의 얼굴을 핥는다고 야단이었다. 전혀 지친 기색이 없었다.

이제 시각은 11시 30분을 지나고 있었다.

소원이 급히 엘리베이터를 불렀다. 엘리베이터는 마침 내려오는 중이었다.

문이 열렸다.

"너 왜 여기 있어?"

엘리베이터에는 지훈이 타고 있었다.

"아빠 왜 여기 있어?"

"나는 일이 일찍 끝나서."

"나, 나는 망치를 놓쳐서!"

소원은 순발력을 발휘해 핑계를 댔다.

"그, 그보다 아빠! 지금 엄마랑 망치랑 최 사장 아저씨네랑 다 같이 저 앞에서 치킨 먹는 중이거든! 아빠도 거기 가자!"

"그래, 그러자."

그런데 지훈은 그렇게 말하면서 15층 버튼을 눌렀다.

"15층은 왜?"

소원이 당황해 말했다.

"치킨 먹으러 가자니까 왜?"

"삼겹살 사 왔거든."

지훈이 손에 든 검은 봉지의 내용물을 보여주며 말했다.

"날 더우니까 상할까 봐 냉장고에 넣고 가게."

상황을 모르니 충분히 할 법한 행동이었다. 소원은 울상이 됐지만 뭐라고 하지 못한 채 계속 시간만 확인했다.

15층에 엘리베이터가 도착했다. 소원은 조급해졌다. 지훈의 손에 들린 검은 봉지를 뺏어 든 후 망치를 그에게 안기며 소리쳤다.

"내가 갖다 놓고 올게! 아빠는 망치 데리고 먼저 가!"

그러고는 지훈이 답하기 전 재빨리 1과 함께 닫힘 버튼을 누르고 내렸다. 엘리베이터가 내려가는 걸 확인하고 나서야 안심하고 후다닥 달렸다. 1508호 문을 열고 삼겹살을 휙 던지려고 했다가 차마 그러지 못했다. 신발 바람으로 집 안에 들어가 냉장고에 넣은 후 쾅 닫고는 소리쳤다.

"건물 무너지면 그래봤자 못 먹는 거 왜?"

이런 상황에서도 규칙을 지키는 자신의 착실함에 소원은 어이가 없었다. 소원은 다시 1508호를 나섰다. 그런데 문 앞에 지훈이 망치와 함께 있었다. 소원이 나오자마자 신이 난 망치가 또 다리로 달려들었다. 소원의 다리를 끌어안고 헥헥거리며 꼬리를 마구 흔들어댔다.

"아빠! 왜 여기 있어?"

"13층에서 내려서 다시 올라왔어."

"그러니까 왜 그랬냐고?"

"치킨집 어딘지 몰라서……."

"메시지 보내면 되잖아!"

"망치 끌어안고 메시지 보내는 것보다 아들이랑 같이 가는 게 빠를 거 같아서……. 그런데 아들, 아빠가 뭐 잘못했어? 왜 이렇게 화가 났어?"

"아, 그런 거 아니거든! 아무튼 빨리 가자고!"

소원은 허둥지둥 망치와 지훈을 데리고 홀로 향했다.

그런데 복도를 걷던 중 그 느낌이 왔다. 중력이 사라진 것처럼 순간 몸이 붕 뜨는 듯한 느낌, 건물 전체가 흔들리는 듯한 느낌.

"뭐지? 지진인가?"

지훈이 주변을 두리번거리며 말했다. 소원은 지훈에게 대답하는 대신 그사이 1층까지 내려간 엘리베이터만 노려보고 있었다.

'어서 올라와. 제발, 어서, 빨리!'

다시 한번 여진이 왔다. 엘리베이터는 아직도 10층을 지나고 있었다. 뛰어 내려가기엔 너무 늦었다. 다 같이 엘리베이터를 타고 이세계로 가는 수밖에 없었다. 하지만 가능할지는 알 수 없었다.

그건 엘리베이터 괴담의 규칙에 어긋난다. 엘리베이터는 혼자 타야만 이세계로 갈 수 있다. 그러는 사이 더 큰 여진이 왔다. 충격으로 천장과 바닥에 금이 가기 시작했다.

—땅.

마침내 엘리베이터가 15층에 섰다.

'살았다.'

소원은 안심했다. 일단 1층으로 가보고, 안 되면 아빠와 함께 10층으로 가는 걸 시도하면 될 것 같았다.

"안 돼!"

그런데 엘리베이터에 타려던 소원의 손목을 지훈이 잡았다.

"지진 나면 갇힐 수 있어! 걸어서 내려가야 해!"

"아냐, 아빠!"

소원은 오히려 그런 지훈의 손을 잡아당겼다.

"지금은 이게 정답이라고!"

"글쎄 안 된다니까!"

하지만 소원이 지훈을 힘으로 꺾기엔 무리였다. 지훈은 현직 형사였다. 키는 비슷해도 평소 무술로 꾸준히 신체를 단련해왔기에 소원보다 힘이 훨씬 좋았다.

둘이 실랑이하는 사이 망치가 미친 듯이 짖었다.

그러던 중 한 번 더 여진이 오는가 싶더니 천장이 무너졌다.

"피해!"

지훈이 온 힘을 다해 소원과 망치를 엘리베이터로 밀쳤다. 소원과 망치가 엘리베이터 안으로 튕겨 들어갔다. 그와 동시에 천장이 지훈을 덮쳤다.

지훈의 몸이 으스러지면서 피와 살이 사방으로 튀었다. 소원과 망치는 온몸에 지훈의 피와 살을 뒤집어썼다. 엘리베이터 문이 닫히면서 빠르게 강하했다. 소원은 망치를 끌어안은 채 비명을 지르다 쓰러졌다.

20.

정신을 차려 보니 5층이었다. 낯익은 그림자가 소원을 내려다보고 있었다. 예전 같았으면 공포심을 느꼈겠으나 이번엔 그러지 않았다. 소원은 넋이 나갔다. 눈앞에서 지훈이 죽었다. 충격이 너무 컸다. 소원은 한참 그렇게 있다가 망치를 꽉 끌어안으며 중얼거렸다.

"망치야, 일어나 봐. 망치야."

망치는 꿈쩍도 하지 않았다. 소원은 허탈한 표정으로 망치를 바라보다 뒤늦게 감각이 돌아왔다. 갖가지 감정이 뒤섞이며 눈물이 터졌지만 애써 삼켰다. 지금은 울 때가 아니었다. 그보다는 어떻게든 아까 그 상황으로 돌아가 아빠를 구하는 게 급선무였다.

소원은 망치를 끌어안은 채 자리에서 일어났다. *10층을 눌렀다.* 그러자 엘리베이터가 10층을 향해 올라갔다. 소원은 복도를 따라 달렸다.

'1508호 문을 찾아야 한다.'

바로 들어가면 돌아갈 수 있을 것이다. 만에 하나 불가능하더라도 과거로 가기는 할 것이다. 이번엔 반드시 17일의 붕괴를 막을 것이다. 지훈을 죽게 두지 않을 것이다.

그런데 아무리 달려도 1508호는 나오지 않았다. 동시에 달리면 달릴수록 몸이 가벼워졌다. 그만큼 망치는 점점 무거워졌다. 이상한 기분에 자신의 양손을 내려다보니 소원의 몸이 달라져 있었다.

본래의 모습, 엄마의 해진 티셔츠를 입은 맨발의 소년으로 돌아가버렸다.

"안 돼!"

아무것도 할 수 없다는 무력감, 결국 모든 게 의미 없는 일이 되었다는 허탈함이 동시에 몰려들었다. 끝나버렸다.

부모와 행복하게 살던 삶도, 늘 까불던 망치도, 자신을 가족처럼 여겨주던 할머니와 최 사장 내외도 모두 사라졌다. 재민의 가족을 잃었을 때보다 훨씬 괴로웠다. 이번엔 진짜 엄마와 가정을 꾸렸기 때문일 수도 있었고, 지훈의 끔찍한 죽음을 본 탓일 수도 있었다. 한참 눈물을 흘리고 있을 때 무언가 소원의 곁에 다가와 얼굴을 핥아주었다. 죽은 줄 알았던 망치였다.

"살아 있었어!"

소원은 망치를 꽉 끌어안았다. 망치는 그런 소원의 얼굴을 끊임없이 핥아주었다. 다 괜찮다고 위로라도 하는 듯이.

21.

한참 시간이 지난 후 소원은 눈물을 그칠 수 있었다. 이제는 침착해져 생각을 정리할 여유도 생겼다. 생각해보니 예전에도 그랬다. 한번 들어간 현관문은 다시 나타나지 않는다. 엄마, 아빠와 연결점이 있는 누군가를 만나야 한다. 이런 깨달음 끝에 떠올린 건 201호였다.

최 사장은 엄마와 아빠를 모두 아는 인물이다. 아빠는 최 사장의 부하 직원이었다. 소원이 아니더라도 엄마는 지구대를 찾았을 것이다. 그러니 최 사장이 사는 201호의 문을 열면 엄마, 아빠와 재회할 수 있으리라. 운이 좋으면 지진이 일어나기 직전으로 돌아갈 수 있을지도 모른다.

재민의 세계에서 소원이 엄마를 만나고 싶다고 강하게 바라자 이루어졌으니 가능성은 있었다. 이번에 소원이 바라는 것은 자신이 201호로 돌아갔을 때 다시 엄마, 아빠의 아들이 되는 것이었다.

"좋아, 가보자!"

소원은 심호흡을 크게 하고 자리에서 일어났다. 두려움에 다리가 후들거렸다. 소원은 망치에게 힘을 빌리고 싶었다. 그를 꼭 끌어안으면 나을 것 같았으나, 문제는 망치의 무게였다. 작아진 소원에게 망치를 안는 건 무리였다.

어쩔 수 없이 소원은 망치를 내려놓았다.

"망치, 우리는 지금 긴급상황이야. 그러니 잘 따라와. 알았어?"

망치는 소원의 말을 알아듣기라도 한듯 꼬리를 빠르게 흔들었다. 그러더니 소원을 따라 얌전히 복도를 걸었다.

그림자는 그런 둘의 뒤를 말없이 따르기만 했다. 소원은 그를 흘깃 본 후 무시한 채 1010호 현관문을 바라보았다. 눈을 감고 최 사장의 얼굴을 떠올렸다. 그를 만나 모든 일을 되돌리고 싶다고 강하게 원한 후 다시 눈을 떴다.

201

현관문의 숫자가 변했다. 소원은 바로 문을 열려고 하다가 멈췄다.

'이대로 과거로 돌아갔는데 아무것도 바꿀 수 없다면 어떻게 되는 거지?'

소원은 반드시 성공해야 했다. 엄마, 아빠와의 행복한 미래를 되찾아야만 했다. 그러려면 실패는 안 될 말이었다.

'지금은 때가 아니야.'

준비가 안 된 상태에서 201호로 가는 것은 위험했다.

"엄마, 아빠, 조금만 기다려줘……."

소원이 눈을 감았다. 심호흡을 크게 했다. 마음을 다잡고 눈을 다시 떴다.

302

현관문의 숫자가 다시 한번 바뀌었다. 소원은 망치를 꽉 끌어안은 채 문을 열고 들어갔다.

22.

"넌 누구니?"

20대 여자가 현관에 선 소원을 의아하게 바라보았다.

"소원이요."

소원은 여자를 보며 거리낌 없이 말했다. 여자는 소원과 눈이 마주치고 얼마 지나지 않아 정신을 차린 듯한 표정이 되어서는 활짝 웃었다.

"우리 소원이, 어디 갔다 오니?"

"이모도 참, 갔다 온 게 아니라 새로 생긴 도서관에 간다고 했잖아!"

"맞다, 도서관 구경 간댔지? 이모가 용돈 좀 줄까?"

여자는 활짝 웃으며 소원에게 백 원짜리 동전 하나를 주었다. 소원은 "감사합니다" 하고 정중히 고개를 끄덕인 후 집을 나섰다.

지난번 과거로 돌아갔을 때 소원은 712호 할머니를 만났다. 그때 소원은 할머니에게 삶에서 후회되는 때가 없는지, 꼭 이루고 싶었던 꿈 같은 건 없었는지 물었다. 712호 할머니 역시 소원의 질문에 잘 대답해주었다.

할머니는 처녀 시절로 돌아간다면 결혼하지 않을 거라고, 평생 혼자 살며 작가의 꿈을 키우고 싶다고 말했다. 그래서 이번엔 712호 할머니의 과거로 왔다. 할머니가 결혼을 망설일 무렵인 진정아파트가 갓 지어진 1984년으로, 자신과 할머니의 꿈을 이루기 위하여.

예상대로 과거의 할머니, 712호 여자는 소원을 조카라고 인식했다. 어느 집 현관문을 열어도 같았다. 사람들은 소원을 자신의 가족이라고 생각했다. 하나같이 소원을 무척 아껴주었다.

소원이 진정아파트를 나서며 무심코 손을 그러쥐었다.

망치를 데리고 다닐 때 끈을 쥐던 습관이었다.

이제 망치는 없다. 망치는 천수를 누리고 죽었다.

소원은 현관문을 열고 나갔다가 10층으로 돌아오면 본래의 아홉 살이 되었다. 망치 역시 그랬다. 엘리베이터에 탔을 당시의 나이인 아홉 살로 돌아왔다. 하지만 네 번째 삶인 103호에서 함께 살 때, 망치는 결국 돌아올 수 없었다. 그 삶은 무려 30년 전 과거에서 시작했다. 103호의 삶에서 망치는 소원이 어른이 되기도 전에 죽었다. 소원은 망치를 잃었을 때 너무 슬퍼 울었다. 하지만 그만큼 행복한 일도 겪었다.

소원은 성인이 되어 처음으로 군대에 다녀왔다. 취직을 하고, 사내 결혼을 했다. 아이를 낳았다. 다양한 사람을 만나며 새로운 경험을 하자 소원은 현재 상황을 다른 각도에서 볼 수 있었다. 소원이 원하면 국내뿐만 아니라 세계 어느 곳이든 갈 수 있었고, 누구든 만날 수 있었다. 진정아파트에서만 다른 입주민들을 만나기 힘들 뿐이었다.

왜일까?

이때부터 소원은 자신의 삶을 본격적으로 분석했다. 그

렇게 지금까지 살아온 삶에 대한 기억을 정리한 결과, 소원은 몇 가지 규칙을 발견할 수 있었다. 두 번째로 발견한 규칙은 소원이 돌아가는 순간은 늘 현관문 너머에 사는 인물이 가장 후회되는 때라는 사실이었다. 그렇기에 과거로 돌아가는 순간은 인물에 따라 모두 달랐으나, 장소는 진정아파트의 어딘가로 일정했다.

이제 소원은 진정아파트의 현관문이 왜 어떤 집은 열리고, 또 어떤 집은 열리지 않는지도 알았다. 소원이 가는 현관문 너머의 세계는 그 현관문 너머에 사는 누군가의 기억 속 과거다. 그들이 경험한 것만 소원은 체험할 수 있다. 즉, 현관문 너머에 사는 사람이 진정아파트 내에서 다른 누구와도 교류가 없었다면, 소원 역시 다른 사람들과 교류할 수 없다.

예를 들어 재민이 그랬다. 재민은 본래 세계에서 은둔형 외톨이에 가까운 생활을 했기에 아는 사람이 없었다. 그래서 진정아파트의 다른 어느 현관문도 열 수 없었다. 엄마 역시 마찬가지였다. 진정아파트로 이사 온 당시, 엄마는 많은 사람과 교류했다. 하지만 세월이 지나며 그들은 진정아파트를 떠났거나, 후에 교류가 적어졌으리라. 그래서 자연스레 다른 현관문이 열리지 않게 되었다. 하지만 진정아파트를 제외한 장소에서는 모든 게 일반적인 상식을 따랐다.

103호에서의 삶은 꽤 만족스러웠다. 소원은 처음으로 부모에게 받기만 하는 사랑이 아닌 자신이 가족에게 베푸는 사랑의 기쁨을 알게 되었다. 이제 소원은 자신의 행복뿐만 아니라 모두의 행복을 지키고 싶어졌다. 그렇기에 소원은 2023년 7월 17일 밤 11시 48분, 가족과의 이별을 아쉬워하며 다시 엘리베이터에 탔다. 지진이 일어나는 순간 엘리베이터를 타야 10층으로 돌아갈 수 있다는 것, 이것은 소원이 가장 처음 발견한 규칙이었다.

10층에 돌아온 소원은 진정아파트의 붕괴를 막을 방법을 강구했다. 다음번 삶에서 소원은 도서관의 책들과 인터넷의 도움을 받아 진정아파트 붕괴 원인을 유추할 수 있었다.

진정아파트가 세워진 1984년은 부실공사를 비롯한 건설 비리가 많았다. 국가에서 주도하는 주택공급정책에 따라 지나치게 많은 아파트가 동시에 지어지다 보니 일어난 일들이었다. 소원은 애초에 부실하게 시공된 진정아파트가 노후화되면서 지진으로 붕괴한 게 아닐까 가정했다.

가설을 세웠으니 다음으로 해야 할 것은 증명과 해결 방법을 찾는 것이었다. 그러려면 전문적인 건축 지식이 필요했다. 소원은 다시 한번 긴 삶을 살기로 결심했다. 다양한 아파트 주민들과 대화를 나눠 최대한 먼 과거로 돌아갈 수 있는 방법을 찾는 한편, 매일같이 도서관에 들러 건축학 공부에 전념했다.

이제 소원은 미래에 일어날 일들을 아는 것이 과거에 큰 힘이 된다는 사실을 알았다. 그렇게 712호의 현관문을 골랐다.

소원은 40년 전, 진정아파트가 지어진 직후의 과거로 돌아갔다. 목표는 사회적으로 인정받는 건축학과 교수가 되어 진정아파트의 붕괴를 없던 일로 만드는 것이었다.

23.

검은 뿔테 안경을 쓴 중년 남자가 광주의 한 아파트 공사현장에 서 있다. 그의 곁에는 마찬가지로 안전모를 쓴 사람들이 잔뜩 있다. 개중에는 카메라를 동원한 기자들도 섞여 있다.

"비 오는 날 콘크리트를 섞으셨네. 보강재도 빠져 있고……. 맞아요?"

중년 남자가 이 말을 하는 순간, 여러 대의 카메라가 동시에 플래시를 터뜨린다. 남자의 말에 안전모를 쓴 책임자의 얼굴이 창백해진다. 거의 동시에 빨간색 점퍼를 입은 사람들이 달려든다.

"이거 어떻게 할 거예요?"

"교수님이 부실공사 맞다잖아!"

그들은 이 아파트의 입주예정자 위원회 회원들이다.

카메라는 이 광경을 하나도 놓치지 않았다. 그러다가 마지막으로 검은 뿔테 안경을 쓴 남자의 얼굴을 클로즈업했다.

그는 50대로 보였지만 사실 40대다. 젊었을 때부터 각종 아파트 공사현장을 돌아다니다 보니 햇볕을 많이 받아 빨리 늙었다.

그는 중년의 소원이었다.

소원은 진정아파트의 붕괴를 막는 데 성공했다. 진정아파트는 부실공사가 아니었다. 하지만 노후화되면서 건물에 문제가 생겼다는 가설은 옳았다. 그래서 소원은 작년, 진정아파트의 안정성검사를 한 후 보강공사를 진행했다.

이제 진정아파트는 지진이 와도 끄떡없었다. 때맞춰 전국 곳곳의 아파트가 부실공사로 무너지는 사건이 일어났다. 무량판 공법을 제대로 적용하지 않아 신축 아파트가 공사 중 무너지는 일이 일어나는가 하면, 다 지은 아파트 지하 주차장의 천장이 내려앉으며 사회적으로 큰 물의를 일으켰다.

젊은 시절부터 아파트 부실공사에 대한 소신 발언을 멈추지 않았던 소원은 주목받을 수밖에 없었다. 소원은 정부의 부동산 정책과 국내 아파트 공사의 허점 등을 일목요연하게 지적했다. 그러는 한편 어떤 현장이든 자신을 찾으면 마다하지 않았다.

오늘만 하더라도 소원은 광주까지 달려왔다. 아파트 입주예정자 대부분은 20년 이상 장기 은행 대출을 안고 아파트를 구입하는 서민층이었다. 거리가 멀다고 해서 자신을 찾는 사람을 외면할 수는 없었다.

한 가지 마음에 걸리는 게 있긴 했다. 오늘이 2023년 7월 17일이란 사실이었다. 오늘 밤, 지진이 일어날 것이다. 그 순간 엘리베이터를 타야만 10층으로 돌아갈 수 있다.

본래 소원의 계획은 10층으로 돌아가는 것이었다. 이제는 알아버린 붕괴 위험을 예방한 후, 201호의 문을 열고 엄마, 아빠와 재회해 모든 것을 바꾼 뒤 행복한 인생을 사는 것이었다.

하지만 진정아파트의 붕괴를 막은 후, 소원은 생각이 바뀌었다.

'돌아가지 않겠어.'

소원은 지쳤다. 붕괴를 막았기에 여한이 없어서일 수도, 망치의 죽음을 겪어서일 수도 있었다. 아니 어쩌면 너무 다양한 생을 산 탓일 수도 있었다.

이제 소원은 겉모습과 달리 백 살 가까이 산 노인이 되었다.

그래서 소원은 일부러 진정아파트에서 한참 떨어진 이곳 광주로 왔다. 진정아파트 엘리베이터를 타지 않기 위해서였다.

'내일은 무슨 일이 일어날까?'

지금껏 소원은 한 번도 2023년 7월 18일을 맞지 못했다. 그렇기에 앞으로 무슨 일어날지 예상할 수 없었다.

24.

소원은 공사현장을 돌아본 뒤 숙소로 잡은 시내의 호텔
로 돌아왔다. 가볍게 샤워한 후 노트북을 열었다. 이번 현
장에 대한 보도자료를 작성하기 위해서였다. 중간엔 전화
도 왔다. 내일 들를 예정인 아파트 입주민 위원회 회장이
었다.

내일 들를 곳은 진정아파트와 사정이 같았다. 이 아파트
단지는 지은 지 40년이 더 됐지만 무척 튼튼한 곳이었는데
최근 연달아 균열이 발견되었다. 입주민 위원회 회장은 아
파트 근처 지하에서 시작된 터널 공사가 원인인 것 같다며

불안해하고 있었다.

소원은 발파 공사에서 사용하는 폭파공법이 문제가 아닐까 싶었다. 예전, 충북의 한 아파트 공사현장 근처에서도 터널 공사의 폭파 충격으로 근처 축산농가의 소들이 집단 폐사하는 사건이 있었다.

통화는 소원의 예상보다 훨씬 길어졌다. 늦은 시각이었지만 소원은 피곤한 티를 내지 않고 응했다. 무너질지도 모르는 아파트에 산다는 두려움, 그로 인해 모든 것을 잃을지도 모른다는 공포가 어떤 것인지 소원은 누구보다 잘 알았다. 그 두려움이 아니었다면 몇 번이고 삶을 반복하지도 않았다.

전화 통화는 한 시간이 훨씬 넘어서야 끝났다. 상대는 그걸로도 아쉬워하며, 내일 만나면 더 자세한 이야기를 하고 싶다고 했고, 소원은 알았다는 말을 열 번은 반복하고 나서야 전화를 끊을 수 있었다.

소원은 전화를 내려놓은 후 한숨을 내쉬며 안경을 벗었다. 양손 엄지로 눈두덩이를 살짝 마사지한 후 다시 눈을 떴다. 창밖으로 시선을 돌렸다. 눈을 식혀주기 위해서였다.

호텔 24층은 시야가 탁 트여 있었다. 특히 오늘은 날이 맑아 멀리까지도 보였다. 그런데 뭔가 이상했다. 방금까지만 해도 무척 잘 보이던 광주의 밤이 전혀 보이지 않았다. 맨눈이라 그런가 싶어 안경을 써봤지만, 상황은 달라지지 않았다. 거리가 어둠에 잠식당하고 있었다.

'설마 지금 시각이……?'

소원은 급히 핸드폰을 확인했다. 예상대로였다. 지금 시각은 밤 11시 48분을 지나고 있었다.

"붕괴는 없었을 텐데 왜?"

소원이 말하는 것과 동시에 핸드폰이 사라졌다.

"그보다 여긴 진정아파트도 아닌데?"

소원은 당황했으나 소용없었다. 어느새 소원은 낯익은 엘리베이터를 타고 있었다.

이 상황을 이해할 수 없었다.

이번에야말로 모든 상황을 해결했다. 지진이 일어나도 진정아파트는 무너지지 않는다. 아니 뭣보다 이곳은 진정아파트가 아니다. 그런데 왜 다시 진정아파트의 엘리베이터를 타고 있단 말인가.

24.

"나는 돌아가지 않겠어. 돌아가지 않겠다고!"

하지만 엘리베이터는 제멋대로 움직였다. 위아래로 빠르게 흔들리더니 5층에서 멈췄다. 예의 그림자가 타더니 1층 버튼을 가리켰다.

소원은 그림자에게 소리쳤다.

"못 알아들어? 이제 그만둘 거라고! 난 지쳤단 말이야!"

그림자는 소원의 말에 반응하지 않았다. 갑갑한 마음에 주먹질을 해봤지만 소용없었다. 소원의 주먹은 그림자를 통과할 뿐이었다. 결국 소원이 할 수 있는 것은 10층으로 향하는 것뿐이었다. 소원은 길게 한숨을 내쉬며 10층을 누르려고 하다가 멈칫했다.

"이때, 1층을 눌러야 하지 않나……?"

괴담의 규칙으로는 5층에서 여자를 만났을 때 그가 가리키는 1층 버튼을 눌러야 10층 이세계에 도착한다. 그런데 언젠가부터 소원은 1층이 아닌 10층을 누르고 있었다. 그래봤자 10층으로 간다는 사실을 무의식중에 알고 있다 보니 한 행동이었다. 생각해보니 그때마다 엘리베이터는 아무 문제없이 10층으로 향했다.

크로노토피아

소원은 잠시 망설이다 8층을 눌러보았다. 그러자 엘리베이터가 조용히 올라가더니 멈춰 섰다. 전광판에 나타난 숫자는 8이 아닌 10이었다. 소원은 혼란스러웠다. 자신이 지금까지 알아냈다고 생각한 규칙들이 사실 아무 상관이 없는 것은 아니었나 싶었다.

"이 엘리베이터는 내가 다른 곳에 있어도 아파트가 붕괴하면 날 태우러 오는 거야?"

생각이 여기에 이르자 소원은 왜 자신이 이곳으로 불려왔는지 알 것 같았다.

"…… 진정아파트가 붕괴한 건가?"

자신은 분명 붕괴를 막기 위한 대책을 세웠다. 건물에 보강재를 덧댔으니 붕괴할 위험은 없었을 터였다. 하지만 소원이 생각한 것보다 지진 강도가 더 높았다면 어떨까? 너무 높은 강도였기에 건물이 버틸 수 없었다면?

"그래! 붕괴해서 내가 돌아온 거야!"

소원은 자신의 실수를 깨달았다. 더불어 다시 한번 붕괴를 막을 방법을 찾기 위해 집중했다.

얼마 안 가 새로운 아이디어가 떠올랐다.

"이 방법이라면 아무도 다치지 않을 수 있어! 붕괴를 완벽하게 없던 일로 만들 수 있다고!"

소원은 잔뜩 기대에 찬 얼굴로 자리에서 일어났다. 다시 눈앞의 현관문을 열고 나갔다.

25.

명품 정장 차림의 70대 할아버지가 안전모를 쓴 채 사람들에게 둘러싸여 있다. 그는 진정아파트 입구에 삽을 들고 서 있다.

"회장님, 시작하시죠."

"자, 그럼 첫 삽 뜹니다!"

할아버지가 삽을 든다. 땅을 파서 흙을 툭 허공에 털자 사람들이 핸드폰 카메라며 DSLR 등으로 사진을 찍는다.

그는 소원이다.

지금 소원은 진정아파트 철거 중이다.

소원이 첫 삽을 뜨고 얼마 지나지 않아 고층에서 소음이 났다. 15층, 그곳엔 2백 년이 넘는 세월 전 소원이 살았던 집이 있었다.

1508호에서 모든 것이 시작되었다.

2023년 7월 17일 밤, 우연히 엘리베이터를 탄 덕에 소원은 남들은 꿈도 못 꿀 인생을 몇 번이고 거듭하게 되었다.

'이제 정말 다 끝난다…….'

소원은 새삼 감회에 젖은 표정으로 진정아파트를 올려다보았다.

26.

소원은 무려 세 집의 문을 열고 나서야 지금에 이를 수
있었다.

아파트 붕괴를 막기 위한 첫 번째 삶에서는 돈만 있으면
될 거라고 생각했다. 그간 얻은 지식과 기억을 이용해 로또
며 주식, 코인 등 모든 것에 손을 댔다. 얼마는 기억과 맞아
떨어졌지만 얼마는 실패했다. 그래도 대체적으로 이익을
봤다. 하지만 모든 걸 돈으로 해결할 수는 없었다. 건물을
철거하고 재건축하기 위해서는 여러 과정이 필요했다. 물
론 소원은 그 사실을 알고 있었다. 건축학과 교수로 재직했

으니 그 정도야 상식이었다. 그러나 아는 것과 이를 실천하는 건 다른 이야기였다.

우선 입주민과의 협의가 쉽지 않았다. 첫 번째 삶에서 소원은 이 과정을 단축시키기 위해 사람을 썼다가 낭패를 봤다. 알고 보니 그가 쓴 용역은 조직폭력배였다. 그는 진정아파트 주민들을 지키기 위해 재건축을 하려는 것이었는데, 오히려 이들 때문에 진정아파트 입주민들이 얻어맞고 집에서 쫓겨나는 일이 일어났다. 매스컴에서는 이 상황을 '진정읍 참사'라며 대서특필했다.

다음 삶에서 소원은 원만하게 일을 진행하려고 안간힘을 썼다. 입주민들에게 원하는 만큼 돈을 주라고 지시했더니 이번엔 이를 악용하는 사람들이 나타났다. 이들은 재건축이 예정되었다는 소문을 듣고는 아파트를 사서 버텼다. 소원의 삶은 이들과 협상하는 데 지나치게 많은 시간을 소모하느라 끝나버렸다.

다음 삶에서 소원은 계획을 바꿨다. 최대한 오랜 인생을 살 수 있는 현관문을 찾았다. 101호에는 82세 할아버지가 살고 있었다. 그는 진정아파트가 지어질 무렵인 1984년에 입주한 후 지금까지 살고 있는 노년층 거주자 중 한 명이었다. 소원이 이 건물을 철거하려고 할 때 끝까지 나갈 수 없다고 버틴 인물이기도 했다.

할아버지는 어린 시절로 돌아간다면 학교에 다니고 싶다고 말했다. 80대 할아버지는 70대가 넘어서야 글자를 배워 까막눈 신세를 면했다.

처음 소원이 할아버지의 이야기를 들었을 때, 그의 삶으로 들어가는 건 무리라고 생각했다. 진정아파트가 처음 이곳에 자리를 잡은 건 1984년이다. 할아버지가 시간을 되돌리고 싶어 하는 70년 전의 과거는 6.25 직후다. 그때엔 이 아파트가 존재하기는커녕 이 근처가 어땠을지 짐작조차 가지 않았다.

하지만 소원은 101호의 문을 열었다. 갑자기 그런 생각이 든 탓이다.

'70년 전으로 돌아가서 진정아파트의 시공 자체에 영향을 준다면 어떻게 될까?'

문제 소지를 애초에 없애버리자는 생각이었다. 소원은 말이 된다고 생각했다. 더불어 막연한 바람도 있었다.

'아파트가 없었던 시대로 돌아가면 일생을 살고 죽을 수 있을지도 몰라.'

그렇게 소원은 101호 할아버지의 과거로 돌아왔다. 소원은 아무리 늦어도 1950년대로 돌아가리라고 여겼다. 그런데 막상 현관문을 열고 나가니 1961년이었다. 게다가 낯익은 풍경이 소원을 맞이했다. 그곳은 진정아파트의 현관이었다.

"1960년대인데 왜 1984년에 지어진 아파트가 있어? 왜 우리가 여기에 살고 있어?"

소원은 흥분해 할아버지에게 물었다.

"아파트라니? 무슨 소리야?"

101호에 살았던 할아버지, 소원을 자신의 친동생이라고 생각하는 열한 살의 할아버지는 오히려 되물었다.

"지금 우리가 사는 이 고층 건물 말이야! 형은 모르겠어?"

"고층 건물?"

그가 실없는 웃음을 지었다.

"무슨 소리를 하는 거야?"

그는 101호 거실에 앉아 있었다. 하지만 그는 자신이 있는 곳을 슬레이트 지붕을 얹은 판잣집이라 여겼다.

소원은 처음으로 진정아파트 자체가 두려워졌다. 하지만 포기할 수는 없었다. 소원은 모든 것을 내려놓고 70년 전 과거로 돌아왔다. 지금 해야 할 일은 어떻게든 이 삶을 살아내서 진정아파트의 붕괴를 막는 것이었다.

일단 소원은 형과 함께 학교에 다니기 시작했다. 당시엔 초등학교가 아니라 국민학교라고 불렸다. 게다가 소원이 사는 진정읍에는 국민학교가 없었다. 세 시간은 걸어 가야 국민학교가 나왔다. 소원은 매일 새벽 5시면 일어나 형과 함께 학교에 갔다. 말 그대로 산 넘고 물을 건너야 했다.

형은 몇 번이고 학교에 다니는 걸 그만두려고 했다. 공부를 하는 게 무슨 의미가 있느냐며 투덜댔지만 소원은 그런 형을 포기하지 않았다. 잘 달래 그와 함께 고등학교까지 졸업했다.

이 과정에서 부모는 소원에게 설득당해 서울로 이사했다. 그렇게 둘은 고등학교를 졸업하고 은행에 취직할 수 있었다.

가정 형편은 형제가 가져오는 월급으로 훨씬 나아졌다. 형은 취직하고 1년도 채 되지 않아 결혼을 했다. 상대는 같은 은행원이었다. 이듬해 아들이 태어나면서 소원의 집은 대가족이 되었다.

소원은 결혼하지 않았다. 예전의 삶들을 통해 결혼이 얼마나 덧없는지 알게 된 탓이다. 대신 소원은 꾸준히 돈을 모았다.

"그 돈이면 장가를 열 번 가고도 남겠다."

형은 소원이 왜 그렇게 많은 돈을 모으려 하는지 이해하지 못했다. 소원에게 결혼을 하고 아이를 낳으라고 종용했지만 소원은 들은 척 만 척했다.

소원은 조카들을 보는 것만으로 충분했다. 소원은 조카들에게서 지난 삶을 살며 몇 번이고 낳았던 아들과 딸의 얼굴을 발견했다. 그때마다 소원은 다시는 가족을 잃지 않겠다고 마음을 다잡을 수 있었다.

27.

1980년, 진정아파트가 입주자를 모집하기 시작했다. 소원은 자신이 모은 돈과 가족의 이름을 빌려 최대한 많은 집을 계약했다. 지난번 삶에서 일이 잘 안 풀린 것은 입주자들이 집에서 나가지 않으려고 했기 때문이다. 그렇다면 생각을 바꾸면 된다. 처음부터 소원이 집을 모두 소유하면 해결될 일이다.

이후 소원은 평생에 걸쳐 진정아파트를 구입해갔다. 비용을 마련하는 것은 어렵지 않았다. 소원은 유명 연예인을 상대로 하는 자산관리사를 써서 다양한 방법으로 자산을 불렸다. 1997년 무렵, 소원은 그렇게 진정아파트의 거의 모든 집을 소유할 수 있었다.

하지만 IMF로 상황이 달라졌다. 많은 사람이 집과 직장을 잃었다. 소원은 이들을 모른 체할 수 없었다. 자신이 소유한 진정아파트를 비롯하여 투자를 위해 사둔 건물이며 집을 공짜나 다름없는 가격으로 세놓았다. 비워두는 것보다 낫다는 생각 때문이었다. 이런 소원의 선한 행동은 대통령의 귀에까지 들어가 후에 대통령 표창장을 받기에 이르렀다.

소원은 경기가 좋아지면 사람들을 내보낼 셈이었다. 하지만 경기는 나아질 기색을 보이지 않았다. 정확히 말하자면 잘사는 사람은 점점 더 잘살게 되었지만 진정아파트 주민들은 사정이 달랐다. 애초에 서울에서 삶의 터전을 잡지 못해 이곳까지 흘러온 사람들이었다. 생각해보면 소원의 엄마 신애도 그랬다. 서울에서 살다가 집값에 부담을 느껴 남자친구와 같이 살려고 진정읍을 찾았다.

소원은 진정아파트 주민의 얼굴에서 엄마를 발견했다. 자신이 지금껏 현관문을 열고 나갔던 집의 가족들 역시 그곳에 있었다. 소원은 그들에게 박정하게 굴 수 없었다. 그렇게 차일피일 진정아파트에 사는 사람들을 내보내는 일을 미뤘다.

그러다 모든 입주민을 내보낸 후 건물을 철거하기에 이른 것은 2019년이었다. 갈 곳 없는 노인들을 소원이 소유한 근처 다른 아파트나 빌라로 무상 이주하게 한 후에야 가까스로 해냈다.

철거한 빈터를 어떻게 처리할 것인가, 이제는 그게 문제였다.

본래 소원은 이 자리에 다시 건물을 세울 셈이었다. 진정아파트에 살았던 가난한 노인들을 위한 실버홈을 지을 생각도 있었다. 하지만 2023년에 닥칠 지진을 생각하면 망설여졌다.

'지진으로 인해 새로 지은 건물마저 무너지면 어떻게 한단 말인가?'

그럼 도로 아미타불이다. 소원은 또 10층으로 돌아가야 한다.

그것만큼은 피하고 싶었다. 하지만 땅을 놀리는 건 아까웠다. 그보다는 지진에 대비하면서도 지역에 환원하는 공간으로 꾸미고 싶었다. 소원은 읍사무소에 들러 의견을 구했다. 그랬더니 읍사무소 직원이 좋은 아이디어를 냈다.

"조선시대에 진정읍 일대가 곡창지대였다는 건 알고 계시죠, 선생님?"

읍사무소 직원이 옛날 사료를 꺼내며 말했다. 소원은 그런 사실은 잘 몰랐다. 소원이 관심을 갖는 과거는 자신이 돌아갈 수 있는 시기까지였다.

"이건 조선시대에 만들어진 진정읍의 지도입니다."

소원이 별 대답을 하지 않자, 그가 잘 알고 있다고 생각한 듯 직원이 커다란 테이블 가득 지도를 꺼내 펼쳤다.

소원은 흥미롭게 지도를 바라보았다. 직원의 말처럼 진정읍은 대부분 논밭이었다. 게다가 중앙에는 커다란 저수지도 있었다.

"여기 저수지 보이시죠? 이곳이 진정아파트가 있었던 자리입니다. 고려시대 때부터 있었던 유서 깊은 저수지로 대불지, 인당수라는 별칭이 있을 정도였습니다."

"인당수라면 「심청전」에 나오는 그 인당수 말입니까?"

"네, 그 인당수 맞습니다. 「심청전」과의 관련성까지는 알지 못하지만요. 본래는 이 저수지 물이 무척 깨끗해서 각종 물고기가 살았다고 합니다. 그런 저수지를 일제강점기가 되면서 메웠습니다."

직원이 다른 한 장의 지도를 조선시대 지도 위에 겹쳤다. 그러고는 그 위에 다양한 사이즈의 사진을 차례차례 올려놨다.

"일제강점기에 진정읍은 많은 변화를 겪게 됩니다. 저수지를 메운 위에 공장지대가 들어섭니다. 기록에 따르면 군수품을 제작하기 위한 공장이었다고 합니다."

소원은 사진 속 공장을 들여다보았다. 논밭 한가운데에 공장만 떨렁 한 채가 있었다. 소원은 사진 속 풍경에 위화감을 느꼈다. 그건 진정아파트가 존재하지 않는데도 환영이 보였던 것과 비슷했다.

"저는 이 기회에 저수지를 복원하면 어떨까 합니다. 그 주변은 공원으로 꾸미고요. 그러면 선생님의 취지대로 진정읍 모두가 즐길 수 있는 공간이 되지 않을까요?"

"좋은 생각이군요."

소원은 직원의 생각에 동의했다. 읍사무소 직원은 소원의 이름을 따서 '소원근린공원'이라고 하면 어떻겠느냐고 제안했으나 마다했다.

크로노토피아

28.

2023년 7월 17일 밤 11시, 80대가 된 소원은 진정근린공원를 향해 걷고 있었다. 시간이 되는 대로 공원을 산책하는 게 소원의 취미였다.

하지만 올여름엔 예외였다. 낮 최고 기온이 38도까지 치솟다 보니 한낮의 산책은 무리라, 요즘엔 새벽에 나가서 저수지를 둘러싼 흙길을 한 바퀴 도는 게 낙이었다.

오늘도 그랬다. 소원은 새벽에 집을 나와 진정근린공원에 들렀다. 신발을 흙길 출발지에 놓은 후 맨발로 걸었다. 이른 시각이었지만 소원처럼 맨발로 걷는 사람이 꽤 많았다.

진정아파트가 있던 토지에 복원한 저수지다 보니 상당히 넓었다. 한 바퀴를 다 돌려면 소원의 걸음으로 한 시간이 넘게 걸렸다. 하지만 산책이 지루하진 않았다. 언젠가부터 저수지에 연꽃이 피기 시작했다. 여름이면 저수지의 반이 넘는 면적에 연꽃이 가득 차는 진풍경을 연출했다. 연꽃 시즌에는 멀리서 사진을 찍으러 오는 사람도 많았다.

소원은 맨발로 흙길을 걸을 때마다 늘 맨발이었던 어린 시절을 떠올렸다. 당시에는 시간이 가지 않아 힘들었다. 하지만 언젠가부터 시간은 지나치게 빨리 흘렀다. 정확히 말하자면 소원에게 시간은 의미가 없었다. 그것은 무한에 가까이 펼쳐져 있었으니까.

평소엔 이렇게 새벽을 시작하고 나면 몸이 개운했다. 저녁 8시 무렵부터 꾸벅꾸벅 졸다가 밤 10시면 잠이 들 수 있었으나 오늘은 달랐다.

소원은 쉽사리 잠들 수 없었다. 2023년 7월 17일은 지진이 예정된 날이었다.

진정아파트는 없어졌으니 붕괴는 일어나지 않으리라. 그런데도 소원은 두려웠다. 그것은 처음 101호 현관문에

크로노토피아

들어섰을 때 본 아파트의 환영 탓일 수도 있었다. 그래서 소원은 늦은 밤 잠이 쏟아지는 늙은 몸뚱이를 끌고 진정근린공원으로 향할 수밖에 없었다.

늦은 시각에도 공원에는 사람이 꽤 많았다. 워낙 날이 덥다 보니 이제야 다들 집에서 나와 운동 겸 산책을 하는 모양이었다.

지진이 일어나기까지는 꽤 시간이 있었다. 소원은 그들 사이에 끼어 맨발로 저수지를 빙 돌기로 마음먹었다.

"어르신, 안녕하세요?"

"운동 나오셨나 봐요?"

늦은 밤 맨발 산책을 하는 사람들이 인사를 해 왔다. 소원은 선한 일을 많이 한 덕에 지역에서는 꽤 유명인사였다.

"안녕하십니까?"

"늙을수록 체력을 키워야죠."

공원을 만든 후 소원은 현관문을 열며 만났던 많은 가족과 재회할 수 있었다. 이건 소원이 지금까지 여러 삶을 살면서 가장 잘한 일이라고 할 만했다.

얼마 못 가 소원은 숨을 헐떡였다. 하루 두 번 산책은 역시 무리였다. 기하급수적으로 늘어나는 검버섯의 숫자만큼 소원의 체력은 떨어져갔다. 하지만 소원은 좋았다. 이것이 늙는 것, 죽어서 재로 돌아가는 것이라고 생각하면 오히려 기뻤다. 그것이 지금 소원이 간절히 바라는 단 하나의 소원이었다.

소원은 죽고 싶었다. 잠자듯 삶을 마친 후 먼저 세상을 떠난 망치의 곁으로 가고 싶었다.

소원은 결국 중간에 놓인 벤치에 털썩 주저앉았다. 숨을 고르며 손목에 찬 시계를 들여다봤다. 현재 시각은 11시 45분을 지나고 있었다.

이 시계는 소원과 형이 함께 은행에 취직했을 때 은행에서 취업 기념으로 받은 것이었다. 시계는 언제나 정확했다. 아무리 비싼 시계도 이만큼 튼튼하지 못했다. 그래서 소원은 여든이 넘도록 이 시계를 늘 차고 다녔다.

11시 46분. 하품이 나왔다. 평소라면 잠들었을 시간이니 그럴 만했다. 11시 48분. 예고된 시각이 됐다. 바닥이 심하게 울렸다. 몇 번이고 겪은 바로 그 진동이었다. 소원은 주름진 손으로 벤치를 꽉 잡은 채 버텼다. 올 테면 와 보라는 생각이었다.

공원을 산책하던 사람들은 놀라 제자리에 주저앉기도 했다. 하지만 바닥에 금이 가거나, 공원 안에 지어진 화장실 건물이 무너지는 일 등은 일어나지 않았다.

'이걸로 됐다.'

소원은 뿌듯했다. 마침내 해내고야 말았다는 성취감이 몰려들었다. 천천히 자리에서 일어나 본래 진정아파트가 있었던 저수지를 노려보았다.

그런데 이상했다. 자리에서 일어났는데도 저수지 수면과 눈높이가 비슷했다. 어두워서 잘못 본 건가 싶어 눈을 끔뻑거려봤지만 상황은 달라지지 않았다. 저수지의 검은 물은 점점 높아지고만 있었다. 검은 물은 먼바다에서 몰려드는 불길한 파도처럼 치솟더니 낯익은 형태가 되었다.

"그림자……?"

아니 그보다는…….

"진정…… 아파트……?"

그 말과 동시에 검은 물이 소원을 덮쳤다.

29.

소원은 놀라 벌떡 일어났다. 주변이 어두컴컴했다. 저수지에 빠진 것인가 하고 놀랐지만 숨을 쉬기엔 무리가 없었다. 하지만 이 어둠은 방금 소원을 덮친 검은 물과 꼭 같은 꼴이었다.

"여긴 어디지……?"

소원은 중얼거리다가 자신의 목소리가 바뀐 것을 깨달았다. 게다가 몸이 가벼웠다. 움직임이 힘들지 않았다.

소원은 양손을 내려다보았다. 주름과 검버섯이 사라졌다. 뼈가 앙상하게 드러난 어린아이의 손이었다. 얼굴을 만

져보았다. 마찬가지였다. 부드러운 아이의 얼굴이었다.

"안 돼. 이건 아니야."

소원은 떨리는 목소리로 말했다. 천천히 고개를 돌려 주변을 바라봤다. 그러자 발견할 수 있었다. 복도를 따라 띄엄띄엄 늘어선 현관문들을…….

"왜?"

소원은 주저앉았다.

"붕괴는 없었잖아!"

눈앞의 현관문을 보며 말했다.

"아파트를 없앴는데 왜?"

"그런데 왜, 왜 다시 돌아온 거냐고?"

하지만 대답하는 이는 없었다.

그림자

1. 물체가 빛을 가려서 그 물체의 뒷면에 드리워지는 검은 그늘.
2. 물에 비쳐 나타나는 물체의 모습.
3. 사람의 자취.
4. 얼굴에 나타나는 불행·우울·근심 따위의 괴로운 감정 상태.
5. 어떤 사람이나 대상에 밀접한 관계를 가지고 항상 따라다니는 것을
   비유적으로 이르는 말.
   출처: 표준국어대사전

3부

30.

소원은 아무렇게나 살았다.

마음 내키는 대로 현관문을 열고 나갔다. 닥치는 대로
사람을 때렸다. 사람을 죽이고 도망쳤다. 마약을 했다. 술
을 마셨다. 죽으려고 목을 칼로 긋기도 했다.

하지만 소용없었다.

아무리 해도 소원은 죽지 않았다. 찰나의 고통 후 10층
으로 돌아올 뿐이었다.

소원은 이해할 수 없었다. 망치는 죽었다. 그렇다면 소
원도 살다가 죽으면 모든 게 끝나야 했다. 그런데 왜 소원

은 망치와 다르단 말인가? 왜 소원은 2023년 7월 17일 밤 11시 48분이 되면 10층으로 돌아오는가?

처음에는 고민했지만 언젠가부터는 그조차도 관뒀다. 이제 소원은 10층에서 체류했다.

모든 게 지겨웠다. 지쳤다. 심심하거나 외롭다는 생각은 들지 않았다. 배도 고프지 않았다. 졸리지도 않았고, 무언가 하고 싶다는 생각도 없어졌다.

기이한 일이었다. 하지만 납득이 되기도 했다. 소원은 10층에서 늘 아홉 살로 돌아간다. 그 순간이 계속된다. 이곳에서는 나이가 들지 않는다. 먹거나 자는 인간의 기본적인 행위가 필요 없는 것이리라. 이런 소원의 곁에는 늘 아파트의 형태를 닮은 그림자가 있었다.

이제 소원은 그림자가 두렵지 않았다. 그림자는 소원에게 해를 끼치지 못했다. 소원이 10층에 나타날 때마다 그의 뒤를 졸졸 쫓아다닐 뿐이었다. 지금도 마찬가지였다. 그림자는 소원의 곁에 서 있을 뿐이었다. 소원은 그것이 자신을 내려다본다고 생각했지만 정말 그런지는 알 수 없었다. 그것이 소원보다 무척 컸기에 그렇다고 느낄 뿐이었다.

31.

지금까지 소원이 만났고, 앞으로 만날 사람들은 모두 본래 세계에서 지진이 일어날 당시 진정아파트에 살고 있었다. 그 사실을 깨닫자 소원은 한 가지 가설이 떠올랐다.

'우린 모두 죽었는지도 모른다.'

사람은 죽기 전, 주마등처럼 자신의 삶을 돌이킨다고 한다. 소원이 보고 있는 현관문 너머의 세계는 그 주마등일 수도 있었다.

'그렇다면 모두를 구하는 게 무슨 의미가 있지?'

지금껏 소원은 자신이 어떤 식으로든 과거로 간다고 여

겼다. 이세계지만 그곳은 과거일 거라고, 그곳에 사는 이의 미래를 바꾸는 것은 의미가 있다고 생각했다. 하지만 이들이 모두 죽었다면 이야기는 달라진다.

아무것도 바꿀 수 없다면 이대로 있는 게 나았다.

소원은 쉬고 싶었다.

32.

다시 눈을 떴을 때, 소원은 몸이 무거워 움직일 수 없었다. 안간힘을 쓰고 나서야 가까스로 일어나 앉을 수 있었다. 그런데 이상했다. 소원의 다리며 팔이 잘 보이지 않았다. 지나치게 짙은 어둠…… 아니 그림자에 휘감겨 있었다. 그림자는 어느새 소원과 동화되어 허리 즈음까지 잠식하고 있었다. 소원은 놀라 양손을 이용해 뒷걸음질 쳤다. 하지만 그것조차 쉽지 않았다. 팔꿈치 아래는 이미 그림자로 변해 있었다.

그림자는 아무것도 아니라고 생각했다. 경계할 이유가

없다고, 그저 자신을 쫓아다니는 기이한 것, 아파트의 형태를 닮은 어떤 것이라고 여겼다.

그런데 아니었다. 그림자는 살아 있었다. 틈을 노리고 있을 뿐이었다. 소원을 삼키려고, 그가 무기력해져 자신과 동화하길 바라고 있을 뿐이었다.

소원은 살기 위해 문을 열어야 했다. 문은 머리 뒤에 있었다. 소원은 팔꿈치로 끙끙거리며 뒷걸음질을 쳤다. 어떻게든 그림자에게서 벗어나야 했다. 방법은 하나였다. 현관문으로 나가는 것, 그곳에서 누군가의 세상으로부터 빛을 받는 것뿐이었다.

어느새 그림자가 소원의 가슴께까지 덮쳐왔다. 소원이 문을 열려고 한다는 사실을 눈치챈 것 같았다. 소원은 비명을 지르며 있는 힘을 다해 머리를 들었다. 머리로라도 현관문을 열려고 노력했다. 그 순간, 소원의 정수리에 현관문이 닿으며 살짝 열렸다.

소원은 가까스로 다른 세계로 갈 수 있었다. 안도의 한숨을 쉬며 현관에 드러누웠다가 다음 순간 벌떡 일어났다. 이대로 있다간 다시 그림자에게 잡힐 것만 같았다.

소원은 집에서 나왔다. 본능적으로 문의 숫자를 확인했다. 903호였다. 다음으로 할 일은 자신이 돌아온 시기를 알아내는 것이었다. 평소라면 엘리베이터를 탔겠지만 이날은 그림자에 대한 공포 때문에 계단을 달려 내려갔다. 경비실에 걸린 달력으로 날짜부터 확인했다. 2020년 3월이었다. 너무 먼 과거가 아니란 사실에 안심해야 하는 건지, 3년 후면 다시 그림자가 있는 10층으로 돌아간다는 사실에 두려워해야 하는 건지 혼란스러웠다.

33.

얼마 지나지 않아 소원은 다시 어영부영 시간을 때우기 시작했다. 그렇다고 사는 게 크게 불편하지는 않았다. 소원은 몇 번이고 거듭해서 삶을 사는 사이 돈 버는 법을 몇 가지 익혔다. 이번에 소원이 이용한 방법은 로또였다.

소원은 로또 1등에 당첨된 후 사람을 써서 대신 돈을 찾아오게 했다. 이건 여러 세계에서 통용되는 규칙 중 하나였다. 진정아파트와 관련된 사람들은 세계마다 조금씩 달랐지만, 먼 세계의 것들은 모두 같았다. 로또도 그중 하나였다. 어느 세계든 당첨되는 번호가 같았기에, 소원은 언젠가부터 이 번호를 외워두었다.

당첨은 쉽사리 되었으나 문제는 당첨금을 찾는 방법이었다. 소원은 어린아이였기에 사람을 써야 했다. 그런데 하나같이 당첨금을 보면 눈이 돌았다. 돈을 갖고 날라버렸다. 로또 당첨 번호는 쉽사리 알아도 사람의 마음을 꿰뚫는 건 어려웠다. 어쩔 수 없이 소원은 방법을 바꿔야 했다. 당첨 금액이 적은 등수를 노리자 사람들은 도망치지 않았다. 소원은 당첨금을 여러 번에 걸쳐 수령한 후 주식 거래를 통해 불렸다. 이후 그 돈으로 진정아파트에서 적당히 떨어진 곳에 집을 구해 살았다.

혼란스러움, 그림자에 대한 두려움, 아무것도 하고 싶지 않다는 무기력함 때문에 소원은 집에 드러누워 먹기만 했다. 주식은 콜라와 감자칩, 컵라면이었다. 이 세 가지는 아무리 시간이 지나도 소원이 제일 좋아하는 음식이었다.

아무것도 하지 않고 먹기만 하니 살이 엄청나게 쪘다. 나중에는 조금만 움직여도 숨이 찰 정도였다. 하지만 1년 넘게 같은 생활을 반복한 끝에 죽을 뻔한 일을 겪자 조금 달라졌다.

이 세계의 2021년 여름은 최고 기온이 37도까지 올랐다. 소원은 매일같이 집에서 에어컨을 켜고 드러누워 지냈다. 그러다 자던 중 호흡 곤란이 와서 죽을 뻔했다.

소원은 공포에 질렸다. 죽음이 두려운 게 아니다. 문제는 그로 인해 일어날 상황이다. 죽으면 자동으로 10층으로 돌아간다. 곧 그림자와 조우해야 한다는 말이다. 그건 싫었다. 그림자가 자신의 몸을 좀먹는 기분은 죽음에 비할 바가 아니었다.

이때부터 소원은 아침저녁으로 산책로를 걷는 한편 음식을 조절했다. 그렇게 석 달쯤 지나자 숨쉬기에 무리가 없을 수준이 됐다. 문제는 집에 있으면 계속 누워 있으려고 한다는 점이었다. 소원은 일부러라도 종일 나가 있기로 마음먹었다.

처음엔 PC방에 갔다. 하지만 이것저것 먹다 보니 집에 있을 때와 별반 다를 게 없었다. 이후로 생각한 곳은 동네 카페였다. 그런데 카페에선 할 일이 없었다. 또 오래 있기에 눈치가 보이기도 했다. 다음으로 간 곳은 도서관이었다. 소원은 도서관이 마음에 들었다. 도서관은 무료 개방

크로노토피아

이다. 오래 있어도 아무도 눈치를 주지 않는다. 아침에 갔다 저녁에 돌아오면 몸을 적당히 움직이기에 제격이었다.

먼 옛날, 소원은 도서관에 다녔었다. 그땐 확실한 목표가 있었다. 진정아파트의 붕괴를 막겠다는 생각으로 건축학 공부에 여념이 없었다. 당시 소원은 건축학 관련 책이며 진정아파트와 관련된 신문 기사 등을 악착같이 찾아 읽었다. 하지만 이젠 그런 목표가 없다 보니 책보다는 디지털정보실을 주로 이용했다. 닥치는 대로 DVD를 보며 허송세월을 보냈다. 그렇게 반년간 매일 DVD를 봤더니 질려버렸다.

소원은 이제 서가로 발을 옮겼다.

여러 삶을 거듭 살면서, 소원은 늘 자신에게 필요한 정보를 찾기 위해 책을 읽었다. 하지만 그저 재미를 위해 책을 읽는 건 처음이었다. 소원은 무엇을 읽을까 빈둥대다가 관심도 없었고 거들떠보지도 않았던 코너를 발견했다.

문학 코너였다. 특히 소설은 소원에게 필요 없는 정보였다. 그렇기에 지금 소원이 가장 섭렵하기 좋은 코너이기도 했다. 문제는 어떤 책을 읽어야 할지 모르겠다는 사실이었다. 소원은 서가에 꽂힌 책의 제목을 차례로 훑었다. 그러다 알베르 카뮈의 『이방인』에 눈길이 갔다. 세계를 이동할 때마다 소원은 자신이 어디에도 속하지 않는다고 느꼈다. 알베르 카뮈의 책 제목은 그런 자신의 처지를 빗대는 것 같아 마음이 갔다.

소원은 『이방인』을 단숨에 다 읽고 가슴이 먹먹해졌다. 소원은 몇 번이고 자살을 했다. 별의별 짓을 다 했지만 삶은 끝나지 않았다. 그 때문에 어째서 이렇게 살아야 하는가 계속해서 고민해왔다. 소설 속 주인공 뫼르소는 이런 소원과 닮은 꼴이었다.

표현할 수 없는 기분에 휩싸였다. 더불어 예전에도 이런 경험을 한 적이 있었다는 걸 떠올렸다. 1508호에서 신애, 지훈과 함께 살 때였다. 할머니의 소설을 읽을 때, 소원은 말 그대로 빨려 들어가는 듯한 경험을 했다. 하지만 끝까지 읽지는 못했다. 현우 가족과 재회하면서 과거의 기억이 돌아오는 바람에 붕괴를 막기 위해 정신이 없었다.

'그 책 제목이 뭐였더라?'

오래전 일이라 기억나지 않았다. 하지만 책을 보면 다시 기억이 날 것 같았다. 소원은 『이방인』을 제자리에 꽂은 후

한국소설 서가로 자리를 옮겼다. 서가에 꽂힌 책의 제목을 차례로 훑으며 할머니의 이름과 책 제목을 떠올리려고 노력했다.

『진정』

소원은 얼마 안 가 할머니의 이름이 적힌 책을 발견했다. 책 제목은 낯설었다. 이런 제목이었다면 기억에 남았을 것이다. 그래도 할머니가 쓴 책인 걸 확인했으니 읽기 시작했다.

조선시대, 자연재해가 닥칠 때마다 진정읍에서는 저수지에 아이를 바쳐왔다. 어느 날 현대의 한 아이가 이런 저수지에 빠진다. 아이는 자신이 빠지는 순간에 닥친 재해를 막은 후 본래 세계로 돌아온다.

낯익은 내용이었다. 책 제목이 다른 건 다른 세계에 갈 때마다 사람들이 조금씩 다르게 행동하는 것과 같은 현상인 모양이었다. 더불어 자신이 왜 이 소설에 심취했었는지도 깨달았다. 그건 이 소설 속 주인공의 처지가 자신과 무척 닮아 보인 탓이었다.

진정아파트를 없애버렸을 때, 소원은 그곳에 공원을 지어 본래 있었다는 저수지를 복원했다. 소원은 이때 저수지에 빠져, 정확히는 저수지의 검은 물이 아파트처럼 솟아올라 소원을 10층으로 데려갔다.

소설 속 저수지는 이 저수지와 닮은 꼴이었다. 하지만 소설의 결말과 소원의 경험담은 다른 점이 있었다. 소원은 재해를 막았는데도 본래 세계로 돌아갈 수 없었다.

소원은 책날개를 펼쳐 할머니의 약력을 확인했다.

이임례

소설가이자 번역가. 세계적인 건축가 이신회의 외동딸. 1942년 남양주 진정읍에서 나고 자랐다. 진정여고 재학 시절 출판사에 투고한 장편소설 『진정』으로 소설가가 되었다. 고등학교 졸업 후 독학으로 영어, 일본어, 중국어, 독일어, 프랑스어 등 17개국 이상의 언어를 익힌 후 번역가로 활발한 활동을 펼치고 있다. 주요 번역물로는 (…) 지금도 진정읍에 살고 있다.

크로노토피아

17개국 이상의 다양한 언어를 다룰 줄 아는 능력자라니, 그건 소원이 아는 할머니와 거리가 멀었다. 더불어 이게 정말 고등학교 졸업 학력으로 가능한 일일까 싶었다. 소원은 1960년대를 살아봤다. 당시는 지역 제반시설이 부족했기에 독학으로 다양한 언어를 익히기는 힘들었다. 자연스레 소원은 한 가지 가설을 세웠다.

'할머니도 나처럼 몇 번이고 반복해서 삶을 살아왔다면 어떨까?'

그렇다면 언어를 익힐 시간은 충분하다.

'할머니도 나와 같은 일을 경험한 거야. 그러니 이런 소설을 썼겠지. 그런 후 본래 세계로 돌아왔기에 17개 국어를 할 수 있었던 게 분명해. 그렇다면 할머니는 본래 세계로 돌아가는 법을 알 수도⋯⋯.'

여기까지 생각이 미치자 다음으로 할 일은 하나밖에 없었다.

34.

소원은 도서관을 나섰다. 읍사무소 앞에 서 있는 공용 자전거를 빌려 타고 진정산으로 향했다. 15분을 달려 진정산 초입에 들어서 오르막길이 시작되었을 땐, 택시를 탔어야 했다고 격하게 자신을 탓했다. 하지만 목적지인 할머니의 집에 도착하니 기분이 좋았다. 숨을 들이고 내쉴 때마다 공기가 상쾌했다. 오랜만에 본 일곱 박공의 집도 반가웠다.

소원은 심호흡을 크게 한 후 약간 긴장한 표정으로 현관문을 두드렸다. 얼마 지나지 않아 현관문이 열렸다.

임례가 소원을 올려다봤다.

크로노토피아

임례는 소원이 기억했던 것보다 훨씬 작았다. 게다가 전동 휠체어의 도움을 받고 있었다. 소원은 그런 임례의 모습에 당황했다. 소원이 기억하는 임례는 정정했다. 죽는 순간까지도 허리를 꼿꼿하게 펴고 걸어 다녔다. 지금 생각해보니 그건 소원의 가족이 임례와 자주 왕래한 덕이었던 것 같았다. 본래 세계에서 임례는 혼자 살았으리라. 그래서 소원이 기억하는 것보다 빨리 늙고 왜소해진 듯했다.

소원은 갖은 감정에 휩싸였다. 뭐라고 해야 할지 몰라 가만히 눈을 마주치고만 있으니, 임례가 먼저 말했다.

"들어와라."

임례가 문 뒤로 전동 휠체어를 빼서 비켜섰다. 소원이 안에 들어가자 문을 닫으며 말했다.

"뭐 좀 줄까?"

"콜라랑 감자칩요."

소원은 임례가 자신이 아는 할머니와 비슷한 성정이길 기대하며 말했다. 임례는 소원이 콜라와 감자칩을 많이 먹는 걸 좋아하지 않았다.

"몸에 안 좋은 걸……."

임례는 살짝 인상을 썼다. 하지만 더는 뭐라고 하지 않고 덧붙였다.

"먼저 거실에 가 있거라."

소원은 호통을 치지 않아 실망스러웠지만, 그래도 한마디 하는 걸 보니 임례가 예전에 자신이 알던 할머니와 그리 다르지 않은 것 같아 안심할 수 있었다.

35.

일곱 박공의 집은 이름처럼 일곱 개의 박공이 있다 보니 구조가 복잡하다. 1층 현관으로 들어오면 바로 거실이 아니다. 복도를 따라 걷다 갈림길 왼편의 벽난로가 있는 작은 홀을 통과한 후 맞은편 벽의 책장으로 만들어진 비밀 문을 밀고 나가야 거실이 나온다. 소원은 이런 구조에 익숙했기에 단번에 거실에 도착할 수 있었다.

소원은 소파에 앉아 주변을 두리번거렸다. 거실 테이블도, 소파도, 소파에 앉으면 보이는 마당 풍경도, 소원이 기억하는 모습 그대로였다. 소원은 낯익은 풍경에 안심했다.

더불어 신기했다. 사람들은 다시 만날 때마다 조금씩 다른 삶을 살고 있었다. 하지만 임례의 집은 달랐다. 마지막으로 왔을 때와 별반 다르지 않았다. 사람들과 거의 교류가 없이 지내온 덕인 듯했다.

소원은 갑자기 궁금해졌다.

'모든 세계의 할머니는 다 비슷할까?'

임례가 감자칩과 콜라를 갖고 나타났다. 거실 테이블에 놓더니 반대편에 휠체어를 세웠다. 그러고는 익숙한 동작으로 바로 옆의 1인용 리클라이너 소파로 몸을 옮겨 앉았다. 소원이 콜라를 손에 들자마자 물었다.

"몇 번째지?"

"네?"

"네가 그 책을 들고 나를 찾아온 게 이걸로 몇 번째냐고 묻는 게다."

"처음인데요."

"거짓말. 내가 이곳에 사는 걸 아는 사람은 극소수다. 또, 누군가에게 알려주려면 반드시 내게 허락을 받아야 한다. 너 같은 아이에게 집 주소를 알려줬다는 이야기는 전달된

크로노토피아

적이 없어. 그런데 넌 내가 사는 곳을 정확히 알고 찾아왔지. 게다가 이 미로 같은 집에서 헤매지도 않고 거실을 찾아가 앉았어. 그건 곧 네가 이 집에 몇 번이고 와봤다는 사실이 아니겠느냐?"

질문을 하는 건 소원이어야 했다. 할머니도 억겹의 시간을 보낸 거냐고, 그랬다면 어떻게 본래 세계로 돌아갈 수 있었느냐고 물을 셈이었다. 그런데 임례에게 주도권이 갔다. 게다가 지나치게 말투가 무뚝뚝했다. 임례의 모습은 바뀐 게 없는 집 안 풍경만큼이나 충격으로 다가왔다. 임례는 어렸을 때 소원을 '우리 강아지'라고 불렀다. 귀엽다며 무릎에 앉히고 머리를 쓰다듬었다. 그렇기에 소원은 자신을 무섭게 노려보는 임례에게 적응하기 힘들었다.

"아!"

임례가 뭔가 깨달았다는 듯 말했다.

"혹시 내가 무섭게 말하고 있나?"

답을 바라는 것 같기도, 혼잣말 같기도 한 말투였다. 소원이 아무 말도 못 하고 눈치만 보자 임례가 다시 입을 열었다.

"내 말투가 사납다면 미안하다. 평소 혼자 지내는 시간이 많다 보니 사람과 말하는 게 어색해서 그런다. 그러니 말해보거라. 네가 이곳에 온 게 몇 번째인지, 너 역시 나와 같은 일을 겪었는지, 그래서 그 소설을 들고 해답을 구하기 위해 날 찾아왔는지 말이다……."

임례의 배려에도 소원은 입을 열 수 없었다. 여전히 불안감만 가득해 자꾸 감자칩으로 손이 갔다. 그러자니 자신의 첫 가족이 되어주었던 803호 재민이 떠올랐다.

재민은 불안하면 감자칩을 먹었다. 저절로 그렇게 된다고 말했다. 소원은 한참이 지나고 나서야 그게 탄소화물 중독이란 걸 알았다.

이제 소원은 재민의 마음을 이해할 수 있었다. 이 감자칩 한 봉지를 모두 먹고 나면, 콜라를 다 마시고 나면 말을 잘할 수 있을 것 같았다. 처음에는 한 손으로 먹던 것을 나중엔 두 손으로 허겁지겁 먹었다. 봉지의 가루까지 탈탈 털어 입안에 넣고 꿀꺽 삼키자 안정이 되었다. 입을 열어 말할 수 있었다.

"제 이름은 이소원입니다. 제 나이는…… 3백 살 즈음까지는 기억했으나 현재는 잘 모르겠습니다."

그렇게 소원은 이야기를 시작했다. 지훈이 죽는 순간이라든가 마침내 부실공사를 막았던 순간과 아예 진정아파트를 없앴던 순간 등을 이야기할 때면 잠시 말문이 막혔다. 저도 모르게 눈물이 터질 것만 같았기 때문이다.

임례는 그런 소원의 이야기를 한 번도 끊지 않고 들어주었다. 그의 이야기가 끝나고 나서야 입을 열어 이번엔 자신의 이야기를 시작했다.

36.

1950년 6월 25일 기습에 성공한 김일성은 한 달 후인 7월, '전직 전과 불량자'와 '악질 종교' 등을 처단할 것을 명령했다. 교회 신자도 이런 악질 종교에 해당했다. 인민군은 인천상륙작전 직후인 9월 27일, 진정읍에서도 처단을 자행했다. 사람들을 진정교회로 모아 남녀노소 상관없이 죽창이며 몽둥이, 괭이를 휘둘렀다. 그러고는 교회를 불태웠다.

임례만 살아남았다. 부모가 임례를 끌어안아 죽창에 찔리는 걸 막은 덕이었다. 하지만 사람들에게 깔리는 바람에 압사당할 위기에 처했다. 임례는 어떻게든 이 상황에서 벗

크로노토피아

어나고 싶다고 생각하며 두 손을 모아 간절히 기도했다. 그러고 눈을 떴더니 텅 빈 교회였다. 임례는 방석에 무릎을 꿇고 앉아 있었다. 임례는 천천히 일어나다가 긴장이 풀려 몸을 휘청였다. 늘 아버지가 앉던 바로 옆자리의 방석으로 쓰러졌다. 그러고 몸을 일으켜 보니 주변에 사람이 가득했다. 게다가 임례는 아버지의 무릎에 누워 있었다.

교회 안은 신자로 가득 차 있었다.

얼마 지나지 않아 임례는 자신이 일주일 전 과거로 돌아왔다는 사실을 깨달았다. 간절한 기도가 응답받았다고 생각했다. 하지만 그건 기적 같은 게 아니었다. 일주일 후, 다시 몰살이 일어났고, 임례는 또다시 혼자 텅 빈 교회에서 눈을 떴다.

처음으로 몰살을 모면했을 때는 기뻤다. 하지만 그 순간이 지나 다시 과거로 돌아가자 현실이 되풀이되었다. 임례는 서서히 지쳐갔다. 소원과 마찬가지로 모든 걸 포기하고 그림자에 잡아먹힐 뻔하기도 했다.

임례가 과거로 돌아갈 때마다 교회의 방석 수는 줄어들었다. 그러다 결국 방석이 하나밖에 남지 않은 상황에 도달했다. 임례는 모든 걸 포기하는 마음으로 방석에 앉았다. 그랬더니 자신이 생각한 것보다 훨씬 오래전 과거로 돌아 갔다. 그것이 소설에 쓴 조선시대 진정읍의 이야기였다.

"소설에 쓴 것처럼 저수지에 빠질 뻔한 여자아이를 구했 다. 그러고 나는 다시 교회로 돌아왔다. 방석은 하나도 남 아 있지 않았지. 대신 십자가가 밝게 빛나고 있었어. 나는 두 손을 꼭 쥐고 십자가를 향해 나아갈 수 있었다. 그러고 나니 이번 세계로 왔다."

그곳은 아무도 죽지 않은 세계였다. 유엔군이 제때 진정 읍을 찾아와 몰살당할 뻔한 교인들을 구해냈다. 이후 임례 는 진정읍의 과거를 조사했다. 그 결과, 진정교회가 있던 자리가 조선시대에는 저수지였다는 사실과 일제강점기에 메워지기 전까지 인당수라 불렸다는 걸 알게 되었다.

"나는 정말 이곳에서 인신공양이 벌어진 건 아닐까 생각 했다. 당시 또 다른 심청이가 될 뻔한 나와 동갑인 아이가 자신을 구해달라고 간절히 기도를 올린 끝에 나를 불렀고, 그를 구한 덕에 본래 세계로 돌아갈 수 있지 않았을까 하고 말이야."

이 말을 할 때, 임례는 잠시 시선을 돌려 한쪽 벽에 걸린
예수의 십자가상을 바라보았다.

37.

2023년이 되고 말았다. 소원은 여느 때보다 훨씬 10층으로 돌아가는 게 두려웠다. 그런 소원에게 임례는 『파우스트』의 이야기를 들려주었다.

"메피스토펠레스는 파우스트가 여러 삶을 살도록 했단다. 그가 현실에 만족해서 더는 노력하지 않으면, 그의 영혼을 지옥에 데려갈 셈이었지. 나는 네가 말하는 그림자가 메피스토펠레스의 일족일 것만 같구나. 그렇다면 네가 포기하지 않는 이상 그는 접근하지 못할 거란다."

"그래서 파우스트는 어떻게 됐죠?"

"멈추어라! 너 정말 아름답구나!"

임례는 연극적인 톤으로 말했다.

"그 말을 하자 파우스트 박사의 삶이 끝났단다. 천국으로 갈 수 있었지."

"멈추어라! 너 정말 아름답구나!"

소원은 그 말을 흉내 내 소리쳐보았다. 이 말을 하면 정말 이 삶이 멈추기를, 끊임없이 반복되는 삶을 그만둘 수 있기를 바라며 몇 번이고 외쳤다.

"멈추어라! 너 정말 아름답구나!"

"멈추어라! 너 정말 아름답구나!"

"멈추어라! 너 정말 아름답구나!"

물론, 소용없었다. 아무리 되풀이해도 삶은 계속될 뿐이었다.

대신 임례의 이야기 덕에 소원은 2023년 7월 17일 밤, 훨씬 평안한 마음으로 엘리베이터에 탈 수 있었다. 임례의 말대로였다. 다시 만난 그림자는 소원에게 접근하지 않았다. 예전처럼 등 뒤에 바짝 붙어 서서 그를 노려볼 뿐이었다.

문

1. 드나들거나 물건을 넣었다 꺼냈다 하기 위하여 틔워 놓은 곳. 또는 그곳에
   달아 놓고 여닫게 만든 시설.
2. 『역사』 조선 시대에, 서울에 있던 네 대문. 동쪽의 흥인지문, 서쪽의
   돈의문, 남쪽의 숭례문, 북쪽의 숙정문을 이른다.
3. 『체육』 축구나 하키 따위에서, 공을 넣어 득점하게 되어 있는 문.
4. 거쳐야 할 관문이나 고비.
   출처: 표준국어대사전

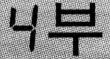

38.

소원은 처음으로 문을 하나하나 자세히 살폈다. 지금 생각해야 할 것은 조선시대로 가는 문을 찾는 일이었다.

눈앞의 문들은 특징이랄 게 없었다. 하나같이 평범한 아파트의 철문일 뿐이었다. 그러다 끝도 없이 있을 것만 같았던 현관문의 숫자가 많이 줄어들었다는 사실을 깨달았다. 이제 문은 68개밖에 남지 않았다.

임례는 다행히 마지막 순간에 조선시대로 가는 문을 발견했다. 그곳에서 소녀를 구한 덕에 본래 세계로 돌아갈 수 있었다. 하지만 소원 역시 그러리라는 법은 없었다.

'모든 문을 열어도 본래 세계로 돌아가지 못하면 어떻게 될까?'

임례는 삶을 포기하지 않는 이상 그림자는 위협을 할 수 없다고 말했다. 하지만 모든 문이 사라진 후에도 정말 포기하지 않을 수 있을지 소원은 자신이 없었다. 소원은 그림자와 하나가 되는 자신을 상상하자 오싹했다. 어떻게든 조선 시대로 돌아가야 했다. 그러기 위해서라도 소원은 문을 열어야 했다.

소원은 아무 문이나 열고 들어갔다. 실패했다. 문밖은 낯익은 풍경의 진정아파트였다. 하지만 소원은 실망하지 않고 진정아파트를 나섰다. 걸어서 진정산으로 향했다. 소원은 이 세계의 임례를 만나 지난번 임례에게 했던 것과 같은 질문을 할 셈이었다.

'어떻게 돌아올 수 있었는가?'

이것 역시 지난번 세계를 떠나기 전 임례와 한참 토론한 결과 중 하나였다. 각기 세계마다 다른 임례가 산다면 각각의 임례가 기억하는 것 역시 차이가 나지 않을까, 그런 기억에서 단서를 찾아낼 수 있지 않을까 하는 가설에서 시작한 토론이었다.

소원이 만난 진정아파트 주민은 모두 그랬다. 사는 세계가 다르면 기억하는 것도 달랐다. 임례도 그럴 가능성이 높았다. 그들 중 당시 상황을 잘 기억하는 이를 찾아낸다면 조선시대로 돌아갈 단서를 찾아낼 수 있으리라.

한참의 시간이 걸려서야 소원은 진정산 입구에 도착했다. 그런데 뭔가 이상했다. 이 세계의 진정산 입구에는 교회 주차장이 있었다. 게다가 주차장에서 안내하는 교회의 위치가 소원이 기억하는 할머니의 집과 일치했다. 소원은 설마, 하는 마음으로 마저 길을 올랐다가 십자가가 달린 일곱 박공의 집을 발견할 수 있었다. 그런데 이 집에는 '진정교회' 간판이 달려 있었다.

일곱 박공의 집이 교회로 변했다니, 소원은 당황할 수밖에 없었다. 하지만 할머니를 찾을 단서는 이것밖에 없었기에 교회로 들어갔다.

교회 내부 역시 소원이 기억하는 것과 달랐다. 미로는 없었다. 1층부터 3층까지 뻥 뚫린 거대한 예배당으로 변해 있었고 예배용 벤치가 줄지어 놓여 있었다.

"누구 찾아왔니?"

소원이 주변을 두리번거리자 중년 여자가 다가왔다.

"할머니를 찾아왔어요."

소원이 임례의 이름을 말하자 중년 여자는 "아, 사모님?" 하고 알은체하더니 거대한 십자가 옆 작은 문으로 소원을 안내했다. 그곳으로 나가자 뒷마당이었다. 뒷마당에는 현관문이 열린 2층 양옥집이 한 채 있었다. 중년 여자는 열린 문 너머 집 안을 향해 소리쳤다.

"사모님 손자분이 오신 것 같아요."

"우리 손자가?"

임례가 모습을 드러냈다. 이번 세계의 임례는 소원이 기억하는 것과 전혀 다른 모습이었다. 소원은 풍성하고 검은 파마머리에 포동포동하게 살이 찐 임례가 낯설었다.

"넌 누구니?"

임례가 소원에게 물었다.

"할머니 소설을 읽고 왔어요!"

소원은 당황하지 않고 말했다. 지난번 세계에서 이번보다 훨씬 까칠한 임례도 만났다. 임례는 처음엔 무뚝뚝했지

크로노토피아

만 얼마 지나지 않아 소원에게 다정하게 대해주었다. 이번 세계의 임례는 인상이 좋으니 훨씬 더 다정하게, 그리고 많은 정보를 줄 게 분명했다.

"내 소설이라니?"

그런데 임례의 반응이 이상했다.

"사모님, 소설도 쓰셨어요?"

소원을 데려온 중년 여자 역시 호기심 어린 표정으로 물었다.

"내가 무슨 소설을 쓰겠어……?"

임례는 더욱 어색한 표정이 되어 말했다.

"할머니, 진정읍에 있었던 저수지를 배경으로 한 소설 쓰셨잖아요!"

"아무래도 사람을 착각한 것 같구나……."

39.

낭패였다. 이 세계의 임례는 교회 목사의 부인이었다. 소설을 쓴 적이 없는 데다, 자신의 과거 역시 기억하지 못하고 있었다.

소원은 몇 번이고 임례를 찾아가 기억을 일깨우려 했으나 소용없었다. 임례는 그런 소원에게 뭔가 착각한 것 같다며 측은한 눈길을 보낼 뿐이었다. 소원은 그런 임례가 갑갑하면서도 기뻤다. 그만큼 임례가 행복하게 살고 있다는 뜻으로 여겨졌기 때문이다. 더불어 자신에게도 저런 미래가 오면 좋겠다고 기대하게 되었다.

다음부터 소원은 조금 더 계획적으로 행동했다. 현관문을 나선 후 그곳이 조선시대인가 확인했다. 이번에 소원이 연 문은 506호, 조선시대가 아니라 진정아파트로 시간대는 2015년 6월 2일이었다. 그 후 바로 도서관으로 향했다. 임례의 책을 확인하기 위해서였다.

책이 없다는 건 이 세계의 임례가 과거를 기억하지 못한다는 말과 같았다. 이 세계에는 책이 없었다. 소원은 힘이 좀 빠졌지만 포기할 수는 없었다. 임례를 찾아갔다. 예상대로 이 세계의 임례는 소원을 기억하지 못했다.

알고 보니 대부분의 임례는 소설을 쓰지 않았다. 임례는 많은 경우 진정교회 목사 부인이 되어 있거나 1508호에서 소소한 삶을 살고 있었다. 또 그런 임례는 대부분 과거를 기억하지 못했다.

처음 1508호에서 임례를 만났을 때, 소원은 적잖이 놀랐다. 임례가 1508호에 살고 있다면 엄마는 어디로 간 것일까, 궁금하기도 했다. 더불어 한 가지 의아한 점은, 임례는 소원이 문을 열고 들어온 호수의 주민과 아무런 교류가 없어도 1508호에 살고 있고, 그를 소원이 만날 수 있다는 사실이었다. 임례와 소원은 과거를 바꾸는 경험을 했기에 그런 것이 아닐까 싶었지만, 지금까지 '이것만큼은'이라고 생각한 규칙이 몇 번이고 뒤바뀌어왔기에 확신할 수는 없었다.

소원이 가까스로 임례의 소설을 발견한 건 문이 36개 남았을 무렵이었다. 이번 세계에서 임례의 책 제목은 『진정』도 『인당수』도 아닌 『심청』이었다. 소원은 반가운 마음에 책을 들고 진정아파트부터 찾았다. 1508호의 벨을 눌렀다. 이곳에서 임례를 만나지 못하면 진정산으로 갈 셈이었다.

"네, 누구세요?"

그런데 문을 연 건 엄마, 신애였다.

오랜만에 만난 신애는 햇볕을 많이 받지 않아 안색이 좋지 않았다. 게다가 얼굴에는 안대를 하고 있었다. 그 아래로 핏빛 멍이 있는 걸로 보아 누구한테 맞은 것 같았다.

"아, 너! 1408호 아줌마 아들이구나."

소원은 예상치 못한 만남에 당황했다. 아무 말도 못 하고 있자 신애가 먼저 말했다. 신애 역시 다른 사람들처럼 소원을 그가 현관문을 열고 나온 집의 아이라고 생각하고 있었다.

"누구 왔어?"

낯선 남자가 신애에 이어 1508호에서 나왔다.

'이 사람이 내 아빠구나.'

처음 보는 얼굴이었지만 소원은 단번에 그를 알아챘다. 그의 얼굴이 소원의 어른 시절과 꼭 닮은 탓이었다.

"아랫집 애가 왔네. 엄마가 대신 보냈나 봐."

"그 아줌마가 또? 내가 진짜 가서 손 좀 봐줘?"

"죄, 죄송합니다! 가볼게요!"

소원은 친아빠의 으름장에 놀라 그대로 도망쳤다. 엘리베이터를 타고 아파트를 나와 두근거리는 가슴을 진정시켰다.

이런 곳에서 신애와 재회할 줄은 몰랐다. 다정한 엄마가 아닌 예전에 자신을 괴롭히던 모습이라 아쉬웠지만 그래도 반가웠다. 엄마를 보고 나니 새삼 지훈이 보고 싶어졌다. 엄마를 만났다면 지훈도 만날 수 있을 것 같았다. 진정산에 가려면 지구대를 지나야 한다. 마음만 먹으면 가능하다.

소원은 얼마 안 가 지구대에 도착했다. 하지만 키가 작아서 안을 들여다보는 건 무리였다. 까치발을 들고 기웃거리자니 지구대 안의 경찰들이 소원을 눈치챘다. 안쪽 방향으로 문이 열리며 낯선 얼굴의 제복 경관이 나와 소원에게 말했다.

"무슨 일 있어?"

연이어 다른 제복 경관이 안에서 나왔다. 소원은 당황해서 도망치려 했지만 제복 경관들이 더 빨랐다. 그들은 소원을 잡아 들어 올렸다. 아홉 살이지만 다섯 살 정도의 체격인 소원을 안는 건 어렵지 않았다.

제복 경관들은 소원을 의자에 앉힌 후 빙 둘러싸고 연달아 질문을 던졌다.

"여긴 왜 왔어?"

"그 책은 뭐니?"

"어디 사니?"

평범한 아홉 살이었다면 겁을 먹었겠으나, 지금의 소원은 다양한 삶을 산 후였다. 겉으로는 겁먹은 척하며 속으로는 그럴듯한 핑계를 생각했다. 그러자니 떠오른 건 방금 본

크로노토피아

신애가 한 말이었다.

"저는 진정아파트 1408호에 사는 소원이에요. 저희 윗집 아줌마, 아저씨가 층간소음이 심해서 혹시 경찰 아저씨한테 말하면 괜찮아지지 않을까 하고 왔어요."

40.

"너 이 새끼, 가만 안 둬!"

소원은 1408호 부모의 품에 안겨 자신에게 욕설을 퍼붓는 친아빠를 바라보고 있었다. 뒤따라온 신애는 소원의 얼굴에 침을 뱉었다.

"이게 무슨 짓이야?"

"참으세요!"

1408호 엄마가 흥분해서 그런 신애에게 달려들려는 것을 제복 경관 중 한 명이 막았다.

신애와 친아빠가 마약 복용으로 검거당했다. 소원의 층

간소음 신고가 원인이었다.

소원이 예전에 살던 세계에서는 층간소음 정도로 경찰이 움직이지 않았다. 하지만 이 세계는 다른 모양이었다. 어쩌면 소원처럼 어린아이가 직접 경찰을 찾아가서 그런 걸 수도 있었다.

소원은 이 일로 신애와 친아빠가 정신을 차리고 새 삶을 시작하면 좋겠다고 생각하면서도, 자신 탓에 경찰에게 잡혔다는 사실에 괴로웠다. 더불어 소원은 1408호 부모에게 맘대로 경찰을 찾아간 일로 꾸중을 들었다.

언젠가의 삶에서 1408호 부모는 소원을 아버지처럼 따른 적이 있었다. 그런 그들이 이번 생에서는 부모라니, 귀엽게 보일 뿐이었다.

1408호 부모는 한동안 소원을 학교까지 직접 데려다주고 데리고 왔다. 만에 하나 소원이 신애와 친아빠의 친인척에게 보복을 당할까 걱정한 탓이었다. 소원은 임례를 만나는 계획을 미룰 수밖에 없었다.

그사이 소원은 임례의 소설을 탐독했다. 그러다가 뜻밖의 사실을 알아냈다. 『심청』은 지금까지 소원이 읽은 두 편의 소설과 내용이 조금 달랐다. 『심청』은 6.25 때까지 진정 저수지가 있었고, 그런 진정저수지에 우연히 주인공 소녀가 빠졌다가 갖가지 세계를 경험한 후 본래 세계로 돌아온다는 이야기를 담고 있었다.

임례의 약력 역시 많은 부분이 달랐다. 일단 17개 국어가 가능하다든가 번역서를 출간했다는 이력이 없었다. 약력에 따르면 임례는 이 소설을 고교 시절이 아닌 대학을 졸업한 후 출간했고, 이후로도 꾸준히 소설가로 활동하고 있었다.

소원은 이런 임례의 약력에 흥미를 느껴 인터넷으로 검색해봤다. 다른 세계의 임례들과 달리, 이번 세계의 임례는 저명한 소설가였다. 심지어 일곱 박공의 집은 문학의 집이라는 형태로 꾸며져 일반인에게 공개되어 있었다.

문제는 임례가 유명인인 만큼 만나기가 어렵다는 사실이었다. 게다가 임례는 일곱 박공의 집에 살지 않았다. 대신 1년에 한 번, 매년 9월 27일마다 '문학의 밤' 형식으로 일곱 박공의 집에서 강연 겸 사인회를 했다.

9월 27일까지는 세 달이 남았다. 그동안 소원은 이번 세

계의 임례에 대해 공부해두기로 마음먹었다. 이번에야말
로 10층에서 벗어나기 위한 단서를 얻을 셈이었다.

41.

"1950년 6월 25일, 전쟁이 일어났습니다. 인민군은 이곳 진정읍도 점령했습니다. 인천상륙작전이 성공했다는 소식과 함께 그 일이 일어났습니다. 인민군들은 저희를 몰살하려 이제는 없어진 진정저수지에 몰아넣었습니다. 일촉즉발의 상황이었죠. 유엔군이 우연히 진정읍에 들르지 않았다면 저희는 모두 죽었을 겁니다. 그게 바로 9월 27일의 일입니다."

2020년 9월 27일 일요일 밤, 소원은 1408호 부모와 일곱 박공의 집에 있었다. 임례의 강연을 듣기 위해서였다.

소원의 예상대로 임례는 1950년 9월 27일의 이야기를 들려주었다.

다른 세계에서 만난 임례는 몰살당할 뻔한 위기에서 혼자 살아남았다. 모두를 구원하고 싶다고 간절히 원했기에 수많은 방석이 깔린 텅 빈 교회로 흘러 들어갔다. 이후 다른 사람의 방석에 앉을 때마다 그 사람의 과거로 갔다. 문제는 이 세계의 임례는 저수지가 그때까지 존재했다고 말한다는 사실이었다.

소원은 지난번 세계에서 만났던 작가 임례와 이번 세계의 임례가 다른 말을 하는 것이 불안했다. 이번 세계의 임례도 작가이긴 하지만, 상상의 범주 안에서 소설을 썼을 것만 같았다.

강연이 끝나고 사인회가 시작되었다. 사람들이 임례의 책에 사인을 받았다. 소원도 1408호 부모와 줄을 섰다. 얼마 되지 않아 소원의 차례가 됐다.

"선생님, 애가 선생님 팬이에요."

소원이 머뭇거리며 아무 말도 못 하자 1408호 엄마가 대신 입을 열었다.

"선생님 책은 다 읽었어요. 특히 『심청』은 열 번도 더 읽었답니다. 강연에 오고 싶다고 한 것도 얘예요."

"이 아이가요?"

임례가 놀랍다는 표정으로 소원을 바라보았다.

"몇 살이니?"

"아홉 살이요."

"그런데 내 책을 다 읽었어?"

소원이 고개를 끄덕였다.

"소설 『심청』의 어떤 점이 좋았니?"

소원은 이 질문을 놓치지 않았다.

"역사적 사실이 잘 드러나 있는 것 같았어요. 특히 전쟁 당시의 핍진성이 뛰어나다고 생각했어요."

소원은 일부러 문학 용어를 사용해 말했다. 예상대로 임례는 더욱 놀란 표정이 되었다. 그러더니 소원과 눈을 가만히 마주쳤다. 잠시 그렇게 소원을 뚫어져라 보더니 표정을 바꿔 활짝 웃었다. 소원이 꼭 끌어안고 있던 『심청』을 받아 사인펜을 들고 물었다.

"네 이름이 뭐니?"

"천소원이요."

"내 책을 재밌게 읽어줘서 고맙구나."

임례는 사인을 한 후 책을 소원에게 돌려주었다.

"앞으로도 재밌게 읽어주면 좋겠어."

그러고는 소원에게 악수를 청했다. 소원은 임례의 손을 맞잡았다.

1408호 엄마는 싱글벙글하며 그런 임례에게 함께 사진을 찍자고 졸랐다. 임례는 흔쾌히 응해주었다. 소원 역시 엄마, 임례와 함께 핸드폰으로 사진을 찍었다. 그러면서도 주먹은 풀지 않았다.

"우리 소원이 좋겠네! 작가 선생님 사인도 받고 악수도 하고!"

"응, 신나."

소원은 그렇게 말하며 살그머니 주먹을 폈다. 소원의 손 안에는 임례가 악수를 하며 전해준 포스트잇 하나가 꼬깃 꼬깃 접혀 있었다. 그 포스트잇에는 이임례의 전화번호와 집 주소가 적혀 있었다.

42.

집으로 돌아온 소원은 바로 임례에게 전화를 걸었다.

—우리는 몇 번째 만난 거니?

예상대로 임례는 소원의 정체를 눈치채고 있었다. 임례는 자세한 이야기는 만나서 하자며, 소원에게 자신의 집으로 오라고 말했다.

다음 날, 소원은 학교가 끝나자마자 임례의 집으로 향했다. 진정아파트에서 얼마 떨어지지 않은 단층집이었다. 임례는 소원이 벨을 누르자마자 문을 열었다. 그러더니 바로 서재로 데리고 갔다. 소원은 서재에 들어서자마자 웃어버

렸다. 어디에 살든 임례는 임례였다. 이곳의 서재는 소원이
아는 임례들의 서재와 꼭 닮아 복잡했다.

"네가 아는 이임례 중 누군가가 이런 서재를 갖고 있었
나 보구나. 그럼 그 이임례의 이야기부터 들려주겠니?"

"별로 좋아하실 것 같지 않아요. 그 할머니는 돌아가셨
으니까요."

"죽을 때가 되면 죽어야지."

임례는 호탕하게 웃었다.

"나는 오히려 죽는 게 기대되는걸!"

이 세계의 임례는 시원시원한 성격이었다. 덕분에 소원
은 그 어떤 임례보다 편하게 그와 대화할 수 있었다. 임례는
소원이 이야기에 취해 빠르게 말할 때면 슬쩍 끊어 숨 쉴 틈
을 주거나, 궁금한 것을 체크했다 다시 물어보곤 했다.

문제는 이번 세계의 임례가 예전에 만났던 『진정』을 쓴
임례와 다른 경험 끝에 본래 세계로 돌아왔다는 사실이었
다. 게다가 그 과정이 예전에 들은 것과 많이 달랐다.

"인민군은 우리를 저수지에 모두 들어가게 했어. 그러고
는 총으로 쐈어. 모두가 죽어가는데 나만 저수지에 빠졌어.

숨이 막혀 죽을지도 모른다고 생각했는데 정신을 차려보니 이상한 공간에 있었어. 그곳에는 각기 다른 사람의 이름이 적힌 명패가 달린 문이 하나씩 있었어. 방금 인민군에게 총살을 당한 사람들의 이름이었어. 나는 그 문을 하나씩 열었지. 머릿속에는 모두를 구하고 싶다는 생각밖에 없었어. 그렇게 몇 번이고 문을 열 때마다 다른 사람들을 대신해서 총을 맞고 죽었어. 그러다 어느새 아무도 죽지 않은 세계에 와 있었어. 유엔군 덕에 구사일생으로 살아났지."

지난번 세계에서 만난 임례는 조선시대로 돌아가라고 했다. 그곳으로 가서 저수지에 빠질 뻔한 소녀를 구하면 모든 게 제자리로 돌아간다고 했다. 하지만 이번 세계의 임례는 전혀 다른 이야기를 하고 있었다. 모두를 살리고 나니 본래 세계로, 심지어 아무도 죽지 않는 세계로 돌아왔다고 말했다.

소원은 혼란스러웠다. 뭣보다 이 이야기가 사실이라면 큰일이다. 소원은 그 누구도 살려야 한다고 생각한 적이 없었다. 소원이 이런 이야기를 털어놓자 임례는 답했다.

"케이스 바이 케이스, 아닐까?"

"그렇다면 사는 게 무슨 의미가 있어요? 어떻게든 본래 세계로 돌아가는 게 중요하잖아요."

"본래 세계로 돌아가면 뭐가 달라지는데?"

"그게 진짜 사는 거잖아요. 과거를 되풀이하지 않고 미래를 사는 거니까."

"그렇게 살아서 무엇을 할 건데?"

"무엇을 하냐니……그런 말이 어딨어요? 그냥 사는 거지."

"그럼 지금은 안 살아 있니?"

소원은 지금껏 본래 세계로 돌아가야 한다고, 어떻게든 붕괴를 막고 부모와 행복한 삶을 사는 게 중요하다고 여겼다. 하지만 붕괴를 막아도 아무것도 바뀌지 않자 허탈해졌다. 그 후로는 방황만 했다. 가까스로 임례를 만나 돌아가는 방법을 찾았다고 생각한 덕에 다시 힘을 낼 수 있었다. 그런데 이 세계의 임례는 이 모든 것에 대한 질문을 던진다. 네가 지금 사는 것은 무엇이냐고 묻는다.

"예를 들어 네가 마지막에 문을 열고 간 세계가 본래 세계가 아니라면, 혹은 네가 원하는 세계가 아니라면 어떻게 할 거니? 실망할 거니? 목표를 달성하지 못했으니 이건 사는 게 아니라고 부정할 거니? 죽을 거니?"

"그럴 순 없죠. 그냥 살겠죠. 죽는다고 해서 다시 10층으로 가는 게 아닐 테니까요."

"나는 결국 사는 게 다 그런 거라고 생각하는데……."

"그런 게 뭔데요?"

"그냥."

"그냥?"

"응. 그저 사는 거지. 대충대충 적당히 적당히……."

소원은 이 말에 큰 충격을 받았다. 그저 산다는 말이 왜 이렇게 충격적인지 알 수 없었다. 그래서 소원은 임례와 '그저 산다'에 대한 이야기를 좀 더 나누고 싶어졌다.

43.

소원은 매일 학교가 끝나면 임례를 찾아가 이야기를 나눴다. 그러던 어느 날, 임례는 이런 이야기를 했다.

"어쩌면 지금 내가 사는 세계는 본래 세계가 아닐지도 모른다. 나는 내가 사는 세계가 아닌, 모두가 살아남은 세계로 잘못 정착한 걸지도 모른다."

임례가 이런 생각을 한 까닭은 역사를 공부한 탓이란다. '우리나라가 독립한 날이 8월 15일이 맞는가?' '최초의 대통령이 정말 김구였나?' '맥아더 장군이 인천상륙작전을 지휘했었나?'

어쩌면 이건 임례가 너무 많은 세계를 떠돈 탓일 수도 있었다. 하지만 아무리 생각해도 뭔가 다른 것 같은 찝찝함을 버릴 수 없었다. 그래서 임례는 소설을 쓰게 되었다. 자신이 사는 세계에 대한 의문을 끊임없이 던지고, 그에 대한 답을 찾다 보니 소설가로서의 사회적 지위와 명성을 얻게 되었다.

"그러면 어떻게 하면 좋을까요?"

소원은 물었다.

"본래 세계로 돌아가지 못해도 괜찮은 건가요?"

"잘 모르겠다. 하지만 그게 문제가 될까 싶기도 하구나."

임례는 호탕하게 웃었다.

"이미 살 만큼 살아서 죽을 날만 기다리고 있는데 이런들 어떠하리 저런들 어떠하리……. 이 시의 본래 의미는 전혀 다르단다. 하지만 나는 이 시를 읊을 때마다 많은 것을 생각하게 되더구나."

또 언젠가 임례는 사전을 펼쳤다. '붕괴'라는 단어를 찾아 그 뜻을 소원에게 보여주며 말했다.

붕괴崩壞

1. 무너지고 깨어짐.
2. 『물리』불안정한 소립자가 스스로 분열하여 다른 종류의 소립자로 바뀌는 일. 또는 불안정한 원자핵이 방사선을 방출하거나 스스로 핵분열을 일으켜 다른 종류의 원자핵으로 바뀌는 일.

"우리는 붕괴한 거야. 그래서 문을 열 때마다 다른 종류의 원자로 바뀌게 된 거지. 즉, 우리는 멀티버스를 오가게 된 게 아닐까 싶구나. 지금 '나'가 자각하는 세계는 눈앞의 것뿐이지. 그런데 너와 나는 붕괴한 탓에 또 다른 세계로 가는 문이 열리게 된 거지."

소원은 다양한 가설을 들을 때마다 마음이 편안해졌다. 하지만 다른 한편으로, 임례는 모든 게 끝났기에 이런 생각을 할 여유가 생긴 게 아닐까 싶기도 했다. 그렇다면 자신 역시 10층에서 벗어난다면 임례처럼 그간의 일들을 모두 '하나의 삶이었다'라고 추억하게 될까 궁금해졌다.

44.

1408호 문 너머의 세계 이후, 소원은 소설 쓰는 임례를 다시 만날 수 없었다. 그 이후 만난 세계 속 임례들은 하나같이 행복했다. 하지만 소원은 상관없었다. 눈앞의 문이 20개가 남고, 15개가 남고 마침내 한 자릿수가 되었을 무렵에는 담담하기까지 했다. 아마도 그건 임례가 소원에게 들려준 시조 덕분인 것 같았다.

이런들 어떠하리 저런들 어떠하리

만수산 드렁칡이 엉켜진들 어떠하리

우리도 이같이 얽혀서 백 년까지 누리리라……

언젠가부터 소원은 이 시조에 노랫가락을 붙여 부르기까지 했다. 그러자니 마음이 나아졌다. 임례가 "이 모든 게 삶"이라고 한 말의 의미가 뭔지 알 것도 같았다. 그것은 현관문의 수가 착실히 줄면서 끝, 진짜 죽음이 보이기 시작한 덕인 듯도 했다.

생각해보면 그렇게 많은 삶을 살았는데도 소원은 죽음이 뭔지 알 수 없었다. 막연히 죽으면 편하지 않을까 하는 생각을 했을 뿐이다. 요즘 들어 소원은 죽음을 구체적으로 상상할 수 있었다. 그건 어떤 식의 마침표가 아닐까, 싶었다. 저 거대한 그림자와 하나가 돼 모든 게 끝난다면, 그 과정은 끔찍하겠지만 그걸로 괜찮지 않을까, 하는 생각이 들었다.

그렇게 소원은 눈앞에 한 개의 문만 남겨두고 있었다. 소원이 부모와 재회하고 싶다고 생각했기에 끝까지 남겨둔 201호 최 사장네 집 문이었다.

소원은 그것으로 충분했다. 마지막 문을 열고 신애와 지

44.

훈과 재회한다면 만족스러운 삶이었다고 생각할 수 있을 것 같았다.

그렇게 소원은 마지막 문을 열었다.

소원

1. 어떤 일이 이루어지기를 바람. 또는 그런 일.
   출처: 표준국어대사전

5부

45.

산책로를 따라 장미가 만개했다. 어느새 장미터널에 넝쿨이 올라가 제대로 자리를 잡았다.

신애는 핸드폰으로 눈앞의 장미터널이 담긴 사진을 찍었다.

2014년 5월 17일 토요일 오전 8시 50분, 신애는 개천 옆 산책로를 따라 걷고 있었다.

이 산책로를 따라 걸으면 읍사무소와 도서관이 나온다. 거기서 조금 더 가면 경찰 지구대와 경춘선 진정역이다. 처음 진정아파트를 보러 왔을 때, 신애는 산책로가 마음에 들었다. 이 산책로를 따라 매일 걸으면 모든 일이 잘 풀릴 것만 같았다.

실제로 그랬다. 이사를 오고 지난 1년 사이 신애에겐 좋은 일만 연달았다. 지금 생각해보면 이사 첫날 액땜을 한 덕인 것도 같았다. 같이 살기로 한 남자친구가 자신의 전세 자금을 들고 도망치려 했었다. 이사 당일 경찰에 익명으로 신고가 들어온 덕에 낭패를 면했다. 그 후 신애는 자신을 도와준 경찰 지훈과 사귀는 사이가 됐다. 처음엔 동거까지 약속했던 남자친구의 일이 마음에 걸려 관두려고 했으나, 서로에 대한 마음을 속일 수는 없었다.

신애는 도서관에 가는 중이었다. 얼마 전부터 시작한 애견미용사 자격증 공부를 위해서였다. 산책로를 따라 걷다 보면 많은 개를 만난다. 하지만 진정읍엔 애견미용실이 한 곳도 없었다. 애견미용실을 차리면 장사가 잘될 것 같았다. 문제는 좀처럼 애견미용을 배울 시간도 낼 수 없다는 사실이었다.

미용을 배우려면 평일에 학원을 다녀야 한다. 하지만 신애는 평일엔 회사에서 일한다. 본래 계획은 남자친구에게 도움을 받는 것이었으나, 같이 사는 게 물거품이 되면서 신애 역시 애견미용 공부를 포기할 수밖에 없었다.

하지만 산책로를 따라 진정역으로 향할 때마다, 서울로 통하는 경춘선을 타고 출퇴근을 할 때마다, 애견미용을 배우고 싶다는 생각을 거듭했다.

그러다 결국 반년 전, 신애는 퇴근길 지구대에 들렀다. 지훈에게 이 소소한 고민을 털어놓았다.

"그럼 회사를 그만두면 되겠네!"

그런데 뜻밖에 지훈이 이렇게 말했다.

"그게 그렇게 쉬우면 고민도 안 했지."

신애가 한숨을 쉬었다.

"생활비를 어떻게 해? 난 손 벌릴 데도 없는데……."

신애는 새삼 부모가 있는 사람들이 부러웠다. 부모가 있으면 기댈 데가 있다. 꿈을 이루기 위해 회사를 잠깐 쉴 여유가 생긴다.

"어이."

갑자기 최 대장이 그런 둘 사이에 끼어들었다. 지훈을 팔꿈치로 툭툭 치며 말했다.

"그거, 그거."

"지금은 타이밍이 아니잖아요."

지훈이 당황해 대꾸했다.

"지금이 그 타이밍이거든."

"아주 정확한 타이밍이거든."

다른 대원들이 연달아 지훈을 재촉했다.

"뭔데 그래?"

신애가 모두의 반응에 의아해하자, 지훈이 한숨을 쉬며 말했다.

"내가 지금 충동적으로 말하는 게 아니라는 걸 알아줬으면 좋겠어. 우리 엄마가 너한테 주라고 한 게 있는데……."

지훈은 제복 바지 주머니에 손을 집어넣어 반지함을 꺼냈다. 그 안에는 옥으로 된 쌍가락지가 들어 있었다.

"엄마도 할머니한테 물려받았대. 이거 주려고 적당한 타이밍을 찾고 있었어. 그런데 다들 지금이 그 타이밍이라니까……."

지훈이 횡설수설하며 신애의 왼손을 들었다. 덜덜 떨면서 넷째 손가락에 쌍가락지를 끼웠다.

크로노토피아

그런데 생각보다 반지가 너무 컸다.

"아니 이게 원래 계획은 왼손 넷째 손가락에 끼우는 거였는데. 이게 왜 안 맞나, 이게…….'"

지훈은 반지를 들고 쩔쩔맸다.

"어느 손가락인지가 뭐가 중요해?"

신애가 지훈의 손에서 쌍가락지를 받아 왼손 둘째 손가락에 끼더니 씨익 웃어 보였다.

"끼는 게 중요하지."

지훈이 활짝 웃으며 신애를 끌어안았다.

이후 둘은 같이 살았다. 신애는 회사를 그만두고 본격적으로 애견미용사 자격증 공부를 시작했다.

애견미용사 자격증을 따려면 1년 정도가 걸린다. 하지만 자격증을 따자마자 바로 미용실을 차리는 건 무리다. 그래서 조금이라도 이 과정을 줄이기 위해 평일에는 학원을 다니고 주말에는 아침 9시부터 도서관에서 공부를 했다.

도서관에 도착했다.

"안녕하세요?"

"안녕하세요?"

신애는 도서관에 올 때마다 할아버지를 만났다. 할아버지는 아침저녁으로 도서관 앞에서 비질을 했다.

　처음 할아버지를 봤을 때, 신애는 할아버지가 읍사무소 직원일 거라고 생각했다. 진정읍에는 그런 식으로 기간제 노동을 해서 용돈을 버는 노년층이 꽤 있었다.

　얼마 지나지 않아 그게 자신의 오해라는 걸 알았다. 알고 보니 할아버지는 이 지역 유지로 지구대 최 대장의 맏형이기도 했다. 읍사무소와 도서관 부지를 무상으로 제공한 것 역시 할아버지로, 신애가 사는 진정아파트 건물도 할아버지 소유란 말이 있었다.

　그런 알부자가 왜 주말마다 도서관 앞을 청소하는지, 신애로서는 그의 속마음을 추측하기 힘들었지만 상관은 없었다. 그는 자주 마주치는 할아버지이고, 자신은 이용객에 불과하니까. 다만 한 가지 마음에 걸리는 것은, 그가 매일같이 흥얼거리는 노랫가락이었다. 언젠가부터 신애도 자꾸 그 노랫가락을 따라 했다.

　"이런들 어떠하리 저런들 어떠하리……."

46.

소원은 비질을 멈추고 도서관에 들어서는 신애를 바라보았다. 주말 아침 신애를 만나 인사를 나누는 건, 포기할수 없는 소원의 일상이었다.

201호 문을 열고 들어온 소원이 간절히 바란 것은 다시한번 신애와 지훈의 아들이 되는 것이었다. 하지만 최 대장이 후회하는 과거는 아주 오래전이었다.

최 대장은 자신 탓에 다섯 살 나이에 죽은 형이 살아 있었으면 좋겠다는 후회를 평생 했다.

최 대장은 어렸을 때 마당이 있는 단층집에 살았다. 당시 최 대장은 자주 열이 났고, 그때마다 부모님은 최 대장에게 온 신경을 곤두세웠다. 자연스레 다섯 살 형은 뒷전이 되었다. 형은 철이 빨리 들었기에 그런 일에 섭섭해하지 않았다. 오히려 동생 탓에 쩔쩔매는 부모님을 위해 무엇이든 혼자 하는 버릇이 들었다.

어느 날 밤, 또 최 대장은 열이 심하게 났다. 부모님이 허둥지둥하는 탓에 형도 깼다. 형은 소변이 마려웠다. 평소라면 아빠나 엄마와 함께 마당을 지나 뒷간에 갔겠으나, 이날은 최 대장 때문에 정신이 없었기에 함께 가자고 청할 수 없었다.

형은 혼자 방을 나섰다. 하품을 하며 고무신을 신고 마당으로 발을 뻗었다. 그런데 하필 이 순간, 디딤돌을 밟던 발이 삐끗했다. 머리부터 마당에 부딪쳤다. 엄청난 충격에 놀랐지만 그렇게 아프진 않았다. 형은 별 것 아니라고 생각해 소변을 본 후 방에 들어왔다.

최 대장의 열이 여전해 부모님은 쩔쩔매고 있었다. 형은 그런 부모님을 걱정시키고 싶지 않았다. 자고 나면 나을 것 같았다. 모로 누워 있자니 고통이 줄어드는 것도 같았다.

형은 서서히 잠이 들었다.

그게 마지막이었다.

다음 날 아침, 부모님은 죽은 형을 발견했다. 원인은 뇌진탕이었다.

소원이 돌아간 과거는 바로 이날 밤이었다. 처음엔 상황을 잘 이해하지 못했으나, 본능적으로 최 대장의 형을 데리고 뒷간으로 갔다. 그 덕에 최 대장의 형은 뇌진탕의 위험을 모면할 수 있었다.

이런 가능성을 계산하지 못했던 것은 아니다. 그런데 지나치게 먼 과거로 오니 허탈했다. 한동안 소원은 모든 것에 시큰둥했다. 이대로 끝이라고 생각하니 지긋지긋했다. 하지만 신애가 진정읍에 이사 올 시기가 가까워질수록 소원은 생각이 많아졌다. 정말 이대로 끝내도 좋은 것일까 하는 의문이 거듭해서 들었다.

이런 상황에서 우연히 집을 보러 온 신애와 재회했다. 신애는 소원을 처음 봤지만, 소원에게 신애는 하나의 목표이자 꿈이었다. 그녀와 행복하게 모자로 살아가는 게 처음 현관문을 열고 나갔을 때의 일념이었다. 소원은 마지막 삶에서 그러한 일념이 강해지는 걸 느낄 수 있었다.

언젠가부터 소원은 같은 생각을 반복했다.

'엄마가 꿈을 이뤘으면 좋겠다. 지훈이 아저씨와 결혼하면 좋겠다. 아이를 낳았으면, 그 아이가 내 몫까지 행복하면 좋겠다……'

그러기 위해 소원이 해야 할 행동은 정해져 있었다. 첫 번째는 친아빠가 신애의 돈을 들고 도망치는 걸 막는 일이었다. 그리고 나면 다음은 자연스레 흘러가리라. 만에 하나 제대로 흘러가지 않는다면, 살짝 개입해도 좋을 것 같았다.

모든 건 소원의 예상대로 이루어졌다. 소원은 신애가 지훈과 만나고 그와 결혼을 결심하는 것을, 신애가 도서관을 오가며 꿈을 이루기 위해 공부하는 모습을 흐뭇하게 바라보았다.

이런 신애가 소원에게 아침 인사를 하기 시작한 것은 예상치 못한 일이었다. 이것은 소원에게 소소한 기쁨이 되었다. 절로 노래가 나왔다. 임례가 가르쳐준 시조를 흥얼거렸다. 언젠가부터 신애 역시 이런 소원의 노래를 따라 불렀다. 얼마 후 신애는 그 노래가 무엇이냐고 물었다.

"뭐 그냥 어렸을 때 들은 노래입니다. 이방원의 시조에 노랫가락을 붙인 거라나요."

그렇게 소원과 신애는 첫 대화를 텄다. 이후 조금씩 대화를 이어가면서 자연스레 친근한 사이가 됐다.

2019년 5월, 신애가 임신했다. 얼마 안 가 신애는 배가 불러왔다. 소원과 잡담을 나누다가 말했다.

"이 아이 태명을 소원이라고 지어봤어요."

"그건 내 이름 아닙니까?"

"할아버지 같은 사람이 되었으면 하는 마음도 있어서요. 그래도 되죠?"

"되고 말고요."

이날 이후, 소원은 기분이 이상했다. 신애가 낳을 예정이라는 그 아이가 남 같지 않았다. 더욱 좋은 일은 아이가 태어난 후 생겼다.

신애는 아이의 태명을 이름으로 삼았다.

그렇게 이 세상에는 정지훈과 이신애의 아들, 정소원이 태어났다.

언젠가부터 이방원의 시조는 아이의 자장가가 되었다.

아이는 이 노래를 들으면 울다가도 그치고 깊은 잠에 들었다.

이제 소원은 임례가 한 말을 이해할 것 같았다. 그저, 살아간다는 게 무엇인지 알 것 같았다. 이렇게 얽혀서 소소한 나날을 나누는 것만으로 괜찮을 것 같았다.

그것이 소원의 마지막 소원이었다.

47.

마지막 2023년 7월 17일의 밤이 돌아왔다.

소원은 침착한 걸음으로 엘리베이터에 탔다. 이제 정말 모든 게 끝이 난다고 생각하니 후련했다.

소원은 평온한 표정으로 4층 버튼을 눌렀다.

최근 들어 소원은 엘리베이터를 탈 때 아무 버튼이나 눌렀다. 별 의미가 없다고 생각하니 열심히 할 필요를 느끼지 않게 된 탓이었다.

하지만 이번엔 마지막이니까 제대로 할 셈이었다. 소원은 4층에 이어 2층, 6층, 2층, 10층 순서로 움직였다. 그러고는 5층을 눌렀다. 5층에 도착하자 낯익은 그림자가 소원을 맞았다. 그림자는 엘리베이터에 타더니 소원을 처음 만났을 때처럼 물끄러미 1층을 가리켰다.

소원은 처음 그림자를 만났을 때, 그를 사람이라고 착각했던 게 떠올라 웃음이 났다. 지금 생각하니 어떻게 그런 착각을 할 수 있었을까 싶을 정도로 그림자는 거대했다. 엘리베이터 천장에 닿을 정도로 거대한 어둠의 끄트머리가 1층을 가리키고 있었다.

소원은 처음 엘리베이터를 탔을 때처럼 대신 1층을 눌러주었다. 그러자 엘리베이터가 10층으로 향했다. 엘리베이터가 멈추고 문이 열렸다.

낯익은 세계가 눈앞에 나타났다.

크로노토피아

48.

소원은 10층 홀에 잠시 서 있었다. 주변이 깜깜했다. 하지만 그것은 그림자가 있는 10층의 어둠이 아닌, 소원이 살짝만 움직여도 밝아질 종류의 어둠이었다. 실제로 소원이 살짝 팔을 들어 허공에서 흔들자 불이 켜지면서 10층 홀이 밝아졌다.

그곳은 평범한 진정아파트의 10층이었다. 그림자가 있는 어둠의 세계 같은 것이 아니었다.

소원은 대체 뭐가 어떻게 된 건지 알 수 없었다. 잠시 그대로 있다가 뒤를 돌아봤다. 눈을 감았다 떠보기도 했다.

하지만 상황은 달라지지 않았다.

여전히 소원은 10층에 있었다.

소원은 다시 엘리베이터를 탔다. 이세계에 갈 때마다 하던 일을 반복하기 위해서였다. 소원은 1층으로 내려갔다. 경비실로 가서 그곳에 걸린 달력의 날짜를 확인했다. 2023년 7월이었다.

소원은 자신이 본 것을 믿을 수 없어 멍하니 서 있었다. 어쩔 줄 몰라 하는데 뒤에서 그를 부르는 소리가 났다.

"정소원! 잘 시간인데 여기서 뭐 해?"

지훈이었다. 소원은 뭐라고 대답해야 할지 몰랐다. 지훈은 핸드폰을 든 채 소원을 바라보고 있었다. 한 손에는 검은 봉지도 들려 있었다. 소원은 저도 모르게 검은 봉지를 바라보다 물었다.

"삼겹살……?"

"어떻게 알았어?"

지훈이 말했다.

"우리 내일 이사잖아. 준비하느라 지쳤을까 봐 사 왔지."

지훈이 너무나 낯익은 말을 낯익은 표정으로 하고 있었

다. 소원은 의심스러운 목소리로 조심스레 물었다.

"아빠……?"

"왜?"

"오늘이 며칠이야?"

"오늘?"

지훈은 소원의 말에 핸드폰 화면을 보았다.

"아직 7월 17일이긴 한데 지금 시각이 밤 11시 59분이니까 곧 7월 18일이겠지?"

49.

아파트는 붕괴하지 않았다. 게다가 소원은 마지막 문을 열었던 그 세계에서 태어난 다섯 살 정소원이 되어 있었다. 또 이 세계에는 현우 가족도, 최 대장도, 할머니도, 재민이도, 101호 할아버지를 비롯해 소원이 기억하는 모두가 살아 있었다.

소원은 한동안 이 사실을 이해할 수 없었다. 미래로 왔다. 그런데 그 세계는 자신이 살았던 본래 세계도, 소원이 돌아가고 싶었던 신애, 지훈과 함께 사는 세계도 아닌 지진이 일어나지 않은 제3의 세계였다.

처음 소원은 자신이 뭔가의 꾐에 빠진 건 아닌지, 어쩌면 이것 역시 또 다른 세계 중 하나라서 나중에 무슨 일이 일어나는 건 아닐지 두려웠다. 이건 처음 엘리베이터를 타고 혼란을 느꼈을 때와 비슷한 감정이었다.

이런 소원을 안심시킨 건 임례였다.

이 세계의 임례는 죽지 않았다. 7월 18일에 이사가 예정된 건 사실이었지만, 현우네 가족의 어려운 사정을 알고 1508호를 세준 후 임례의 집에서 살게 되었을 뿐이었다.

이 세계에서 소원의 가족은 일곱 박공의 집을 애견 전문 펜션으로 개조했다. 올해로 82세가 된 임례와 함께 살기 위해서였다.

그 덕에 소원은 자연스레 임례와 만날 수 있었다.

소원은 임례를 만나자마자 그의 정체부터 확인했다. 이 세계의 임례가 작가인지, 작가라면 과거를 기억하고 있는지, 그게 가장 중요했다. 다행히도 이 세계에서 임례는 작가이자 번역가였다. 소설 『진정』을 발표한 이후 꾸준히 작품활동을 하는 한편, 영어로 된 원서를 번역했다.

소원은 짐이 어느 정도 정리된 후 임례와 단둘이 있을

시간을 마련했다. 핑계야 있었다. 임례에게 소설을 쓰고 싶다고 하자, 신애와 지훈은 무척 기뻐했다. 임례 역시 "소설가는 녹록찮은데"라고 말하면서도 얼굴에서는 웃음이 떠나질 않았다.

그렇게 처음으로 둘만의 시간을 가진 날, 임례는 다른 세계의 임례들과 달리 허브차와 마들렌을 소원에게 대접했다.

"무슨 이야기를 하고 싶니?"

소원은 몇 번이고 임례에게 이 질문에 대한 답을 들려주었다. 그런데 그때마다 입이 쉽사리 떨어지지 않았다. 이번에도 예외는 아니었다. 소원은 임례가 준 음식을 허겁지겁 먹어치우고 나서야 안심하고 입을 열 수 있었다. 그렇게 시작한 이야기는 시야가 어둑해질 무렵에야 끝났다.

소원의 이야기를 모두 들은 임례는 잠시 서재 밖으로 시선을 옮겼다.

해가 지고 있었다. 진정산은 서늘함이 늘 감돌다 보니 도시와는 그 빛이 다르나 다채롭게 색이 변하는 것은 마찬가지였다. 푸른 하늘 너머 밝은 빛을 비추던 태양은 어느덧

크로노토피아

이채를 띠기 시작했다. 임례는 그 풍경에 시선을 고정한 채 입을 열었다.

　"내가 본래 살았던 세계에서는 아무 일도 일어나지 않았단다."

50.

"나는 그저 저수지에서 멱을 감았을 뿐이야. 그런데 갑작스레 눈앞에 문이 생겼지. 나는 그 문을 열 때마다 모든 사람이 저수지에 빠져 죽는 일을 겪어야 했단다. 공포에 질렸어. 내가 살던 세계에서는 아무 일도 일어나지 않았는데 왜 이런 일을 겪어야 하는 건지 혼란스러웠단다. 그런데 마지막 문을 열고 나오니 본래 세계로 돌아왔더구나. 아무 일도 일어나지 않은, 방금 멱을 감고 저수지에서 나온 그 세계 말이야.

세계는 평안했어. 나 혼자만 혼란스러웠지. 나는 안주할 수 없었어. 그래서 내가 빠진 저수지에 어떤 과거가 있었을까 찾아보다 인당수 설화를 하나 발견했어.

진정읍에 인당수가 처음 생긴 건 삼국시대였단다. 당시 이 동네는 씨족마을로, 이씨 성을 가진 사람들만 살았다고 하더구나. 그들은 정초마다 길흉화복을 점쳤어. 그 결과 흉이 나오면 저수지에 인신공양을 했지. 지위를 막론하고 열 살 아래의 아이들에게 제비를 뽑게 해 선택된 아이는 돌을 달아 저수지에 몸을 던지게 했다더구나.

놀랍게도 이 아이들은 하나같이 살아 돌아왔단다. 사람들은 용왕님이 아이들을 살려주었다고 믿었지. 그도 그럴 것이, 아이들이 하나같이 다른 사람처럼 변한 거야. 천진난만한 모습은 사라지고 아주 오래 산 노인과 같은 현자가 되어 있었단다. 어디서 많이 들어본 이야기 같지 않니?"

"…… 우리 이야기네요."

"나도 그렇게 생각했다."

임례가 고개를 끄덕였다.

"예전엔 저수지가 있어서 인신공양을 했었다. 하지만 그 전통이 사라지고 난 후로도 자연재해가 닥칠 때면 용왕님은 제물을 원했다. 우리는 우연히 그 제물이 되어서 같은 일을 겪었다……. 나는 그렇게 생각하게 됐단다."

"하지만 그걸로는 부족해요."

소원이 말했다.

"그렇다면 왜 우리는 그렇게 많은 삶을 살아야 했죠? 그렇게 많은 삶을 산 끝에 왜 전혀 다른 세계로 오게 된 거죠? 어째서죠?"

"제물의 역할이 뭔지 아니?"

"말 그대로 제사를 지내기 위한 공물이잖아요."

"맞아. 나는 그게 우리의 역할이라고 생각했어. 우리는 진정읍의 모두를 대신해 저수지의 신에게 바쳐진 거야. 그후 우리는 모두를 대신해 갖은 일을 겪은 거지. 모두가 행복해지기 위해서, 아무런 천재지변도 일어나지 않는 미래를 갖기 위해서."

"그러니까 할머니 말씀은…… 본래 모두 죽어야 할 미래를, 우리가 대신 겪었기에 행복한 미래를 찾을 수 있었다는 거예요? 그것 때문에 우리는 그렇게 많은 문을 열어야 했고?"

"그게 내가 내린 결론이었지."

임례는 부드럽게 웃었다.

"어쩌면 이건 우리에게 주어진 시지프스의 삶일지도 모른다고 말이다."

51.

저승에 간 시지프스는 언덕 위로 돌을 올렸다가 떨어지면 다시 올리기를 평생 반복하는 벌을 받았다. 그가 이런 벌을 받은 것에 대한 이유는 여러 가지로 확실하지 않다. 하지만 그가 끊임없이 같은 행위를 반복해야 한다는 사실과 이게 신에게 받은 형벌이라는 사실만큼은 확실하다.

우리는 시지프스처럼 벌을 받았다. 우연히 선택돼 신에게 바쳐진 아이였다……. 임례의 말에는 타당성이 있었다.

하지만 마음에 들지는 않았다. 너무 많은 삶을 산 탓일까, 소원은 의심이 많아졌다.

'딱 들어맞는 이야기는 믿을 수 없다. 진실은 좀 더 허술하고, 말도 안 된다고 생각하는 그런 것들에 가깝다.'

그래서 이후로도 소원은 매일 임례와 토론을 계속했다. 언젠가부터 소원은 답답했다. 떠오르는 대로 말하는 것보다는 체계적으로 정리를 해서 임례에게 말하고 싶었다. 그래서 소원은 소설을 쓰기 시작했다. 처음에는 임례와 단둘이 조용히 만날 시간을 확보하기 위해 했던 거짓말이 정말이 되었다. 주제와 소재야 이미 정해져 있었다. 지금껏 소원이 겪은 모든 것을 적고, 그를 통해 '자신에게 왜 이런 일이 일어났는가'를 결론 내리는 것이 그의 목표였다.

소설을 적는 것은 쉽지 않았다. 정확히 말하자면, 자신이 살아온 것을 문장으로 표현하는 게 무척 어려웠다.

"어떻게 문장을 적어야 할지 모르겠어요. 제가 겪은 것을 있는 그대로 적고 싶은데 쉽지 않아요."

"그럴 땐 레퍼런스를 찾아보렴. 네가 쓰려는 글을 누군가는 썼을 것 아니니?"

임례의 말에 소원은 『파우스트』를 떠올렸다. 그것을 읽으며 자신이 겪은 것과 비슷한 상황이 있었는가 찾아보았다. 그러자 어떤 식으로 이야기를 표현하면 좋을지 알 것 같았다. 또 언젠가는 알베르 카뮈의 『시지프스의 신화』를 발견하고 그것을 탐독했다. 이건 소원이 실존주의에 대해 깊이 생각하는 계기가 됐다. 이런 식으로 매일 임례와 소설 공부를 해 짧은 소설을 완성한 것은 1년 후의 일이었다.

소원은 자신의 소설이 불만스러웠다.

"마음으로는 『이방인』을 쓰고 싶었는데 결과물이 왜 이렇죠?"

"여섯 살에 소설을 썼으면 세간에서는 신동이라 불릴 텐데?"

"겉으로만 여섯 살이잖아요. 실제로는 몇 살인지 알지도 못할 노인네잖아요."

"중요한 건 퇴고란다. 초고를 쓴 후 네가 원하는 형태로 점점 더 그럴듯하게 가다듬는 과정까지를 모두 소설 쓰기라고 말한단다."

소원은 임례의 말에 따라 계속해서 소설을 고쳤다. 여섯 살에게 1년은 무척 길지만 오랜 세월을 살아온 소원에게 1년은 별 것 아닌 시간이었다.

52.

소원이 마음에 드는 소설을 완성한 것은 그로부터 5년 후, 이 세계 기준 열한 살이 되었을 때였다. 그것은 소설가 소원의 인생을 그린 원고지 500매 분량의 소설로, 알베르 카뮈의 『이방인』을 흉내 낸 첫 문장으로 시작했다.

오늘 내가 죽었다. 아니, 어제였을지도 모른다.

소설의 주요 부분은 다음과 같았다.

*

중년이 된 소원은 소설가로 살고 있었다. 임례는 죽은 지 오래였다. 소원은 혼자 살았다. 결혼에 대한 욕구보다 소설을 쓰고 싶은 욕구가 훨씬 컸다. 그리고 이런 욕구는 자연스레 성공으로 이어졌다. 소원은 국내뿐만 아니라 해외에서도 인정받는 소설가가 되었다. 그의 소설은 대다수 영상화되었고, 개중에는 게임으로 만들어지는 것도 있었다.

소원이 쓰는 소설은 수많은 경험의 변주였다. 언젠가는 자신의 삶 중 하나의 에피소드를 뽑아서 썼고, 언젠가는 수없이 많은 삶에서 만났던 누군가의 이야기를 적기도 했다. 그렇게 이야기를 적다 보면 과거에 일어난 일들을 잊지 않을 수 있었다. 하지만 아무리 해도 소원은 자신에게 일어난 일을 완벽하게 이해할 수 없었다. 왜 자신이 지금의 세계로 오게 되었는지, 그 까닭은 아무리 해도 알 수 없었다.

막연히 그런 생각을 한 적은 있었다.

임례는 행복한 삶에서 시작해 불행하기 짝이 없는 여정을 한 끝에 지금의 세계에 도달했다. 그에 반해 소원은 불행하기 짝이 없는 여정 끝에 해피엔딩에 도달했다. 즉, 과정과 상관없이

크로노토피아

마지막 순간 행복이 보장된 여정이 아니었는가 하는 생각 말이다. 소원은 막연히 그렇다고 결론을 내리고 싶었다.

*

소원은 어느새 93세가 되었다. 임례는 92세에 생을 마감했으니, 그보다 나이가 많았다. 소원은 작년 뇌졸중이 오는 바람에 더는 아날로그 방식으로 글을 쓸 수 없었다. 하지만 괜찮았다. 이제 소원은 온라인에 접속해 그곳의 아바타를 이용해 집필을 계속할 수 있었다.

소원은 아바타를 이용해 글을 썼고 가상의 세계에서도 소설을 출간했다. 그 세계에서도 소원의 소설은 나오자마자 인기를 끌었고, 그가 쓴 소설을 바탕으로 가상세계가 만들어지는 일도 생겼다. 더욱 흥미로운 것은 그러한 가상세계에 또 다른 소원이 살고, 그런 소원이 자신처럼 소설을 써서 발표하기도 한다는 사실이었다.

소원은 여러 가상현실이 끝도 없이 펼쳐지는 것을 지켜보다 그런 생각이 들었다. 내가 겪은 이세계들 역시 하나의 가상세계가 아니었을까? 그것은 신이 준비한 수많은 시뮬레이션일

지도 모른다고 말이다.

*

소원이 죽었다. 하지만 그의 뇌 속 데이터는 죽지 않았다. 소원은 이제 데이터만 남아 가상현실을 떠돌며 살고 있었다. 이곳에서는 아무도 죽지 않았다. 다른 삶을 살아갈 뿐이었다. 사람들은 다양한 삶을 살 때마다 선택할 수 있었다.

1. 전생의 기억을 남긴다.
2. 전생의 기억을 지운다.

소원은 다른 삶으로 넘어갈 때마다 1번을 선택했다. 대부분의 사람 역시 마찬가지였다. 하지만 가끔 사람들은 2번을 선택했고, 소원은 다른 세계에서 예전에 자신이 알던 누군가가 자신을 기억하지 못하면 기이한 기분에 휩싸이곤 했다.

*

언젠가부터 사람들은 자신의 기억을 지우고 새로운 세계로 데이터를 옮겼다. 너무 많은 삶을 살아왔다는 사실 자체가 죽지 않는 영혼을 지치게 했다. 사람들은 다른 세계로 갈 때마다 모든 기억을 리셋할 필요를 느꼈다. 그것을 가리켜 사람들은 오래전 육체가 있을 때 경험하곤 했다는 '죽음'이라고 이름 붙였고, 또 다른 삶에서 깨어나는 것은 '윤회'라고 일컬었다.

소원 역시 예외는 아니었다. 그는 모든 기억을 갖고 다음 삶으로 넘어가고자 하였으나 결국 지쳤다. 모든 기억을 지우고 다음 세계의 문을 열려고 하는 순간, 그는 생각했다. 오래전, 엘리베이터를 타고 거듭해서 10층을 방황했던 일을.

어쩌면 그것은 이것의 닮은 꼴이었을지도 모르겠다고. 그렇게 소원은 2023년, 다섯 살처럼 보이는 아홉 살의 삶으로 돌아갔다.

"상당히 흥미로운 이야기로구나."

소원의 소설을 모두 읽은 임례는 부드럽게 웃었다.

"우리의 삶을 윤회에 비견하다니, 아주 재미있어. 또 이 모든 이야기를 SF로 푼 것 역시 마음에 드는구나."

"이런 기분은 태어나서 처음이에요."

소원은 상기된 얼굴로 말했다.

"뭔가 해낸 것만 같아요."

"나도 그랬단다."

임례가 웃었다.

"첫 번째 소설을 완성했을 때 비로소, 내가 산 삶이 의미가 있었다고 생각할 수 있었지."

소원은 그제야 언젠가 다른 세계의 임례가 말한 "이 모든 게 삶이다"의 의미를 알 것 같았다. 소설 속 수없이 많은 삶을 거쳐 본래 세계로 돌아가기 위해 10층에서 절규하는 소원 역시 삶의 과정이었다.

"하지만 이걸로 만족은 못 하겠어요. 이 소설에서 저는 주인공이 결국 본래 세계로 돌아간다고 적었으니까요. 이게 올바른 결론이라고 느껴서 적었는데, 사실 제가 원한 건 이게 아니니까요. 제가 알고 싶은 건 그 모든 일의 끝에 왜 이 다른 세계로 오게 되었는가니까요. 조금 더 생각을 해봐야겠어요. 저는 제가 왜 이런 일을 겪었는지, 이 세계로 오게 되었는지 알아내고 말 거예요."

이건 사실 임례에게 하는 말이 아니라 자기 자신에게 하는 말과도 같았다. 그런 소원에게 임례는 말했다.

"아마도 너는 네 인생의 화두를 찾은 것 같구나……."

화두話頭

1. 이야기의 첫머리.

2. 관심을 두어 중요하게 생각하거나 이야기할 만한 것.

3. 『불교』선원에서, 참선 수행을 위한 실마리를 이르는
   말. 조사祖師들의 말에서 이루어진 공안公案의
   1절이나 고칙古則의 1칙이다.

출처: 표준국어대사전

에 필 로 그

여든이 넘은 나이에도 소원은 일곱 박공의 집에 살았다.
진정아파트는 없어졌다. 그 자리에는 저수지가 복원되었
다. 저수지를 중심으로 공원이 생겨 종일 사람들의 발길이
끊이지 않았다. 하지만 소원은 그곳까지 가는 일이 거의 없
었다.

소원은 어렸을 때의 다짐대로 평생 같은 주제로 소설을
적고 있었다. 할머니의 말이 옳았다. 이것은 인생의 화두였
다. 소원은 화두를 생각하는 것만으로도 시간이 부족했다.

이런 소원에게 한 소녀가 찾아왔다.

비가 오는 날이었다. 비릿한 물 냄새를 머금은 단발머리의 작은 소녀는 겁에 질린 표정으로 현관문을 두드렸다. 그러더니 문을 열고 나온 소원을 빤히 올려다보았다.

소원은 소녀와 눈이 마주치자 강한 기시감을 느꼈다.

"많이 젖었구나. 들어와 따듯한 차와 쿠키를 먹지 않겠니?"

"고맙습니다."

"거실에 가 있으렴."

소원의 말에 소녀는 망설이지 않고 안으로 들어갔다. 남들은 처음 오면 단번에 통과하지 못하는 이 집의 미로와도 같은 복도를 헤매지 않고 거실로 향했다.

소원은 주방으로 향했다. 오늘, 정말 많은 이야기를 듣게 될 것 같다고 생각하며, 그리고 소녀의 이야기 끝에 마침내 자신의 화두를 풀 수 있을지도 모르겠다고 기대하며 말이다.

2019년, 저는 서울을 벗어나 경기도 남양주 진건읍의 한 아파트로 이사하게 되었습니다. 이곳은 저에게 여러모로 의미가 있는 곳이었는데요, 잘 기억이 나지 않는 아주 어린 시절, 우리 가족이 모두 이곳에 살았다는 이야기 때문이었습니다. 저는 이사 후 어렸을 때 다녔다는 교회라든가 흥미로운 장소를 산책하며 동네를 탐구해나갔는데요, 그렇게 동네를 돌아다닐수록 이곳을 무대로 소설을 한 편 적으면 좋겠다는 생각을 했더랬습니다.

이런 막연한 생각에 아이템이 더해진 것은 우연히 김동식 작가의 책 『회색 인간』을 비롯한 초단편 소설집을 접한 이후의 일이었습니다. 저는 그의 소설이 흥미롭다고 생각했고 궁금해졌습니다. '김동식 작가가 장편소설을 지으면 어떤 이야기가 나올까?' 그래서 그를 만났을 때 장편소설을 쓸 생각이 있는지 물었는데, 없다고 하더라고요. 이때 막연히 그런 생각을 했습니다. '김동식 작가가 쓸 법한 장편소설을 써볼까?'

처음엔 치기 어린 생각이었는데요, 이런 생각은 후에 김동식 작가의 단편소설 「일주일 만에 사랑할 순 없다」를 접하며 구체화되었습니다. 아, 이거다. 내가 사는 진건읍을 배경으로 타임슬립물을 써보자, 라고 말입니다.

2020년 1월부터 구상을 시작해 끊임없이 적고 고치기를 반복했습니다. 버전만 네 가지, 분량으로는 2백 자 원고지 3천 장 이상을 쓰고 지웠습니다. 금방 쓸 것 같았은데, 막상 시작하니 쉽지 않았습니다. 뭘 써도 다 예전에 나온 많은 타임슬립물의 반복 같았거든요. 가까스로 이야기가 마음에 드는 윤곽을 띤 것은 2023년 초의 일이었습니다. 이땐 이미 남양주에서 평택으로 이사한 후였습니다. 여전히 소설은 써지지 않았고, 남양주에서 살았던 기억은 점점 가물거리고 있었습니다. 그러던 중 왼쪽 눈에 망막박리가 오면서 갑작스레 대수술을 받게 되었습니다.

한쪽 눈이 멀지도 모른다는 공포, 다른 쪽 눈도 연달아 멀어버릴지도 모른다는 암담함 속에서 생각한 것은 '어떻게든 소설을 완성해야 한다'는 강한 욕구뿐이었습니다. 그간 안 써진 게 믿기지 않을 정도로 다양한 아이디어가 머릿속에서 샘솟기 시작했습니다. 하지만 실제 소설을 쓸 수 있게 되기까지는 3개월의 시간이 걸렸습니다. 수술 후 절대 안정을 취해야 했기 때문입니다. 그렇게 침대에 누워 아무것도 못 한 채 거의 눈을 감고 생활하는 동안, 뭔가 떠오를 때마다 녹음을 해서 핸드폰에 저장했습니다. 눈의 통증 때문에 오랜 시간 눈을 뜨고 있는 것은 물론이거니와, 글자를 읽는 건 거의 불가능했거든요. 이런 경험이 소설을 쓰며 소원의 감정을 이해하는 데 큰 도움이 되었습니다.

소설 속에서 주인공 소원은 내내 구원받기를 꿈꿉니다. 하지만 막연한 감정에 불과하기에 혼란스럽기 짝이 없는 이세계를 더욱 혼란스럽게 방황합니다. 그렇게 소원은 삶과 싸우고, 타협하고, 포기하고, 좌절하면서도 결국 어떻게든 그저 살아내는 게 삶이란 너무나 단순한 진리를 깨닫게 되는데요. 저는 그가 삶 속에서 느끼는 성찰이 소설을 쓰는 과정과 닮지 않았는가, 그래서 문학은 인간을 구원하는 것이 아닐까, 그리하여 결국 구원은 셀프다, 라는 생각을 해 보았습니다.

이건 제 경험에서 온 깨달음이기도 했습니다. 아무것도 할 수 없이 멍하니 누워 있기만 하는 나날 속 저는 한 가지만 바랐습니다. 예전처럼 글을 쓸 수 있으면 좋겠다. 그저 평범하게 지낼 수 있으면 행복할 것 같다, 그게 내 삶의 유일한 구원이다, 라고요.

이 순간, 진정한 구원을 바라는 당신이 이 소설을 통해 자신만의 구원을 찾을 수 있기를 바라봅니다. 그게 제가 꿈꾸는 진정한 소원일 겁니다.

마지막으로, 2020년 1월부터 지금까지 기다려주신 출판사 요다에 진심으로 감사드립니다.

2023년 겨울

조영주

크로노토피아
ⓒ 조영주

1판 1쇄 인쇄
2023년 11월 20일
1판 1쇄 발행
2023년 12월 1일

지은이. 조영주
펴낸이. 한기호
책임편집. 정안나
편집. 도은숙, 유태선, 김현구, 김혜경
디자인. 채채
마케팅. 윤수연
경영지원. 국순근

펴낸곳. 요다
출판등록. 2017년 9월 5일 제2017-000238호
주소. 04029 서울시 마포구 동교로 12안길 14 삼성빌딩 A동 2층
전화. 02-336-5675. 팩스. 02-337-5347
이메일. kpm@kpm21.co.kr

ISBN 979-11-90749-67-1 (03810)